어머니의 장도리

어머니의 장도리

고여생 두 번째 수필집

정은출판

● 작가의 말

무기력과 싸우고 있습니다.
영감을 쫓아 몇 시간째 진전없는 싸움,
뭔가 활력을 찾고 싶은 마음에 여기저기 살피다
어수선한 화단을 정리하기로 합니다.
꽃이 진 꽃대를 정리하고 잡초도 뽑았더니
마음이 한결 가뿐해졌습니다.
꽃나무는 북돋워 주고 꽃이 없는 빈자리는 고르기를 하며
꽃밭에서 생각 한 줄 한 줄을 읽어봅니다.
이 계절에는 뒤돌아서면 풀, 뒤돌아서면 풀
곳곳이 온통 들풀투성이입니다.
마당지기에게는 지겨운 것들이겠지만
그것들에서 배우는 점도 없지는 않네요.
세상에 무의미한 것은 없습니다.
우리가 무심히 지나칠 뿐,
그들에게도 나름의 이름이 있고 꽃을 피우며
계절을 알립니다.
누군가는 풀꽃 향에 취하고

어떤 이는 풀꽃에서 희망을 피워내기도 할 테니까요.
글을 쓰는 작가도 마찬가지가 아닐까 합니다.
그들이 건네는 문장 한 구절에 누군가 삶의 위안을 얻었다면
작가로서 지닐 수 있는 최고의 행복이 아닐까 합니다.

두 번째 출간입니다.
작품 한 편 한 편에 따뜻한 온기를 불어 놓으려 애썼습니다.
많이 모자란 글이지만 이 책을 읽는 동안만이라도
마음의 위로가 되었으면 좋겠습니다.
오직 그뿐입니다.

2023년 가을에

고여생

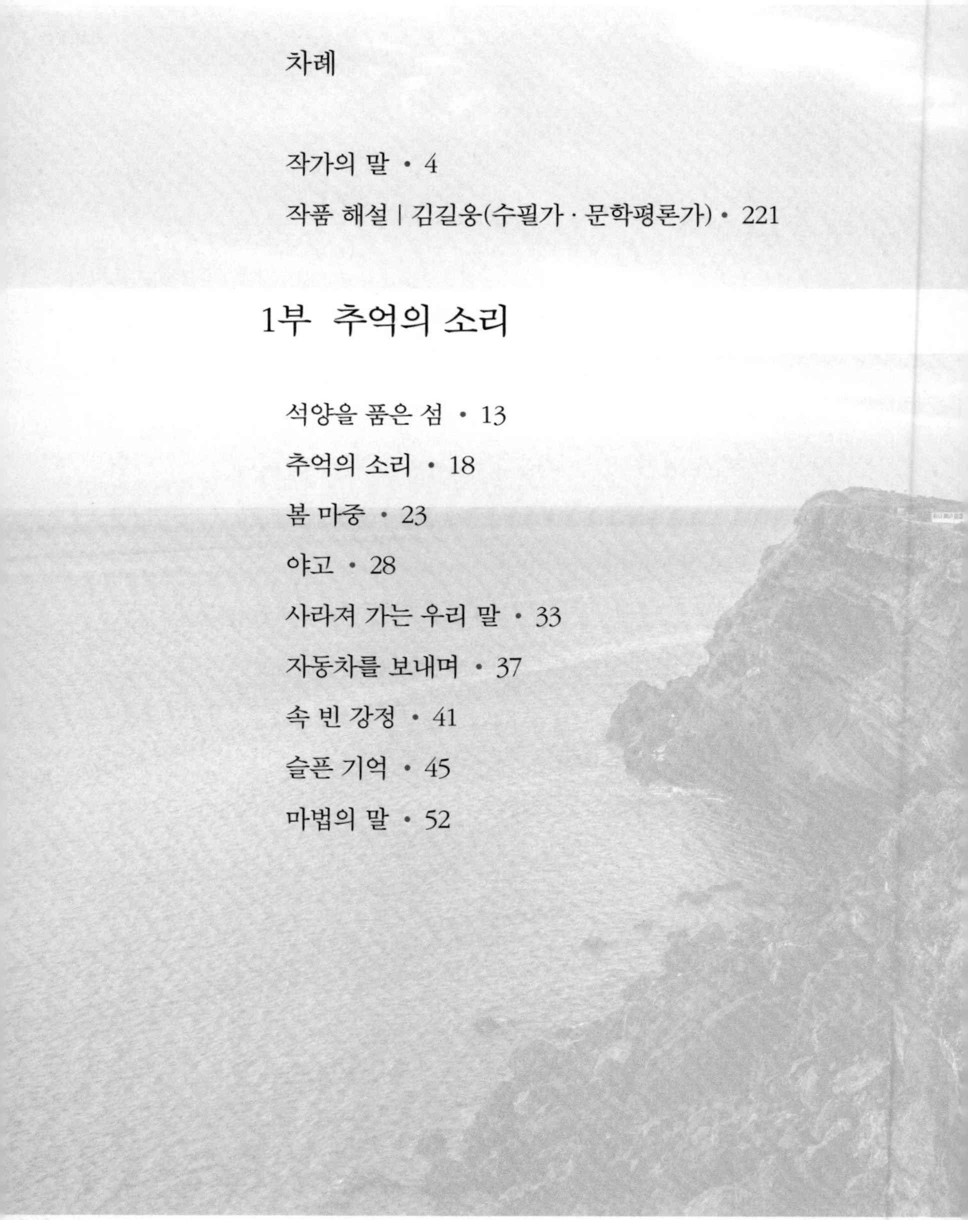

차례

1부 추억의 소리

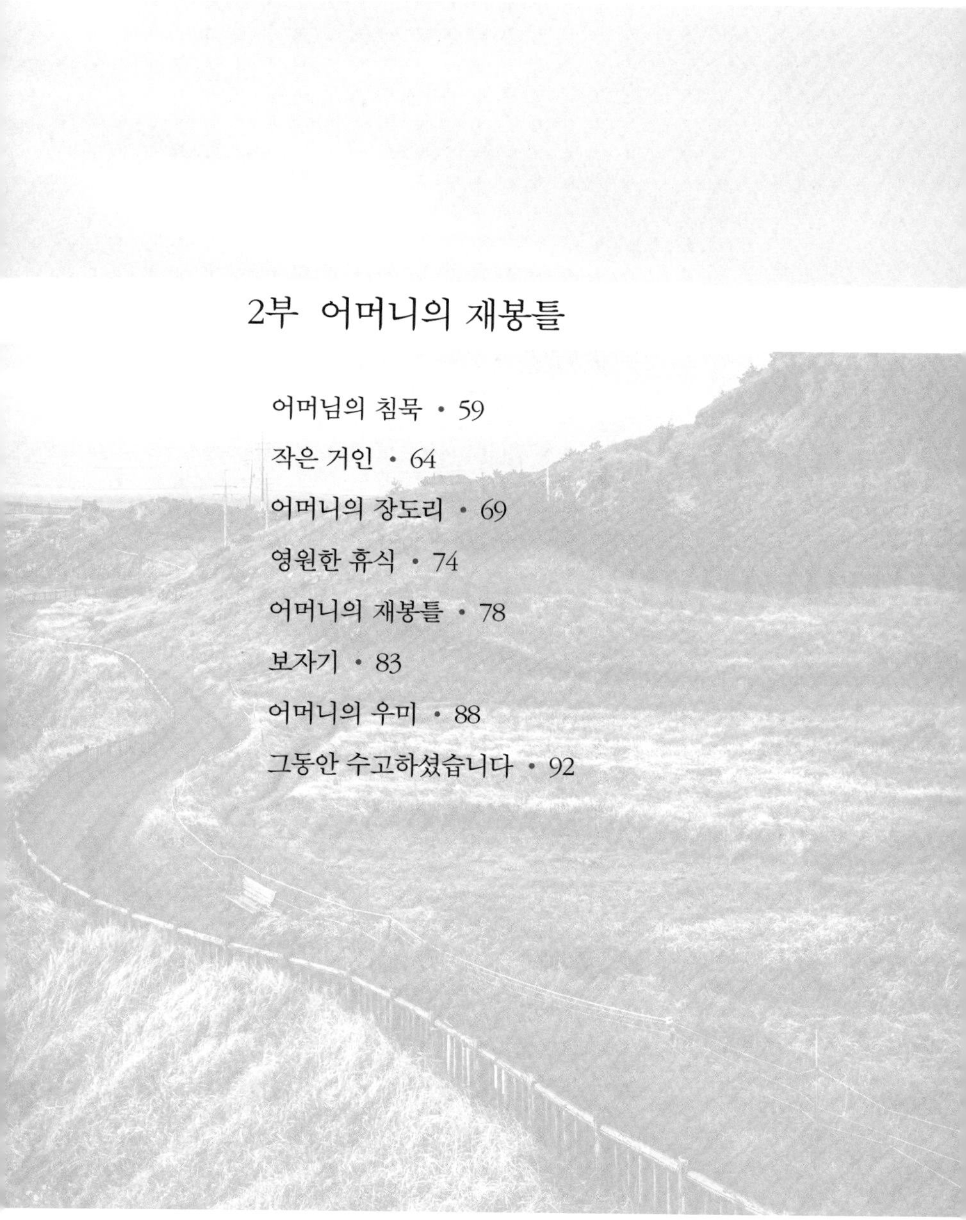

2부 어머니의 재봉틀

3부 마지막 자리

4부 시대를 앞선 여성 -부춘화-

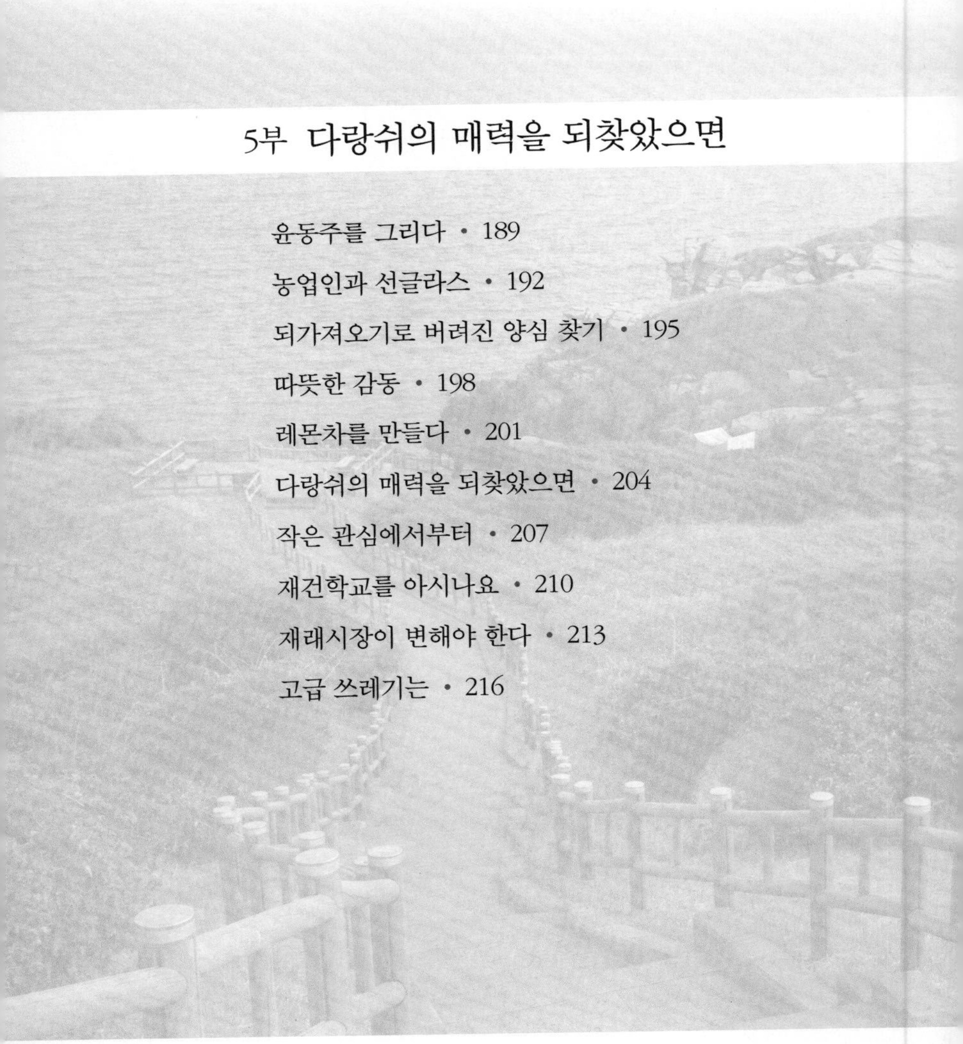

5부 다랑쉬의 매력을 되찾았으면

| 1부 |

추억의 소리

석양을 품은 섬

추억의 소리

봄 마중

야고

사라져 가는 우리 말

자동차를 보내며

속 빈 강정

슬픈 기억

마법의 말

석양을 품은 섬

뜻을 같이하는 이들과의 여행은 기쁨이다. 이를 위해 우리는 한 가지씩 역할을 분담하기로 하였다. 여행 계획을 짜고 일정을 정리하며, 이동 수단을 담당하고, 주전부리를 준비한다. 이렇게 일을 분담하고 나니 각자 맡은 분야를 꼼꼼히 챙기고 정리하게 된다. 일의 능률과 여행 계획의 진행이 빨라짐은 더할 나위도 없다.

구좌문학회에서 처음으로 도외문학기행을 계획한다. 첫 기행지로 윤선도의 삶을 되돌아보려 보길도를 다녀오기로 했다. 여행은 모든 걸 내려놓고 일탈을 꿈꾸듯 또 다른 일상을 찾아 떠나는 것이다.

나는 보길도까지 교통편을 담당했다. 제주에서 완도 간 여객선 운항 시간, 완도항에서 화흥포항까지 버스 이동 시간 등 하나하나 정리한다. 인터넷으로 교통정보를 검색하면서 남의 여행기를 엿보는 재미가 쏠쏠하다. 일상을 떠나는 즐거움이 사진과 함께 구구절절 설명되어 있다. 어느새 이네들과 소소한 이야기 속의 주인공인 양 여행은 이미 떠나 있는 듯하다.

보길도에서의 시작은 윤선도 원림이다. 고산 윤선도는 이곳에서 자연과 벗하며 풍류를 즐겼다. 유배라 하기에는 이해하기 어려울 정도로 윤택한 삶이었다. 윤선도의 호화로운 삶을 비판적으로 바라보는 시선도 있지만, '어부사시사'를 탄생시켰다며 지금은 고산의 문학세계와 삶이 재조명되기도 한다.

윤선도의 호화로운 생활을 뒤로하고 우리는 소박함을 즐기기로 한다. 걷다가 지치면 동백 그늘에서 잠시 쉬어가면 되고, 그도 버겁다 싶으면 너른 바위에 털썩 주저앉아 주전부리로 허기를 달래면 된다. 자연의 품에서 느끼는 우리의 하루는 윤선도의 삶이 오롯이 깃들어 있다.

동천석실 가는 길이다. 고산도 분명 이곳에서 잠시 쉬었으리라. 누가 먼저랄 것도 없이 등짐을 하나씩 풀어내니 윤선도의 삶이 부럽지 않다. 나뭇가지를 주워 계곡물에 씻으니 젓가락이 되었다. 종이컵을 위에서 길게 찢어 젖혔더니 초고추장 그릇이 완성된다. 여기에 준비한 군소볶음과 문어볶음을 내놓으니 한 상이 금방이다. 누가 먼저랄 것도 없이 곡주 잔이 모이고, 계곡물 소리가 한 수 거드니 신선놀음이 따로 없다.

마실 가듯 쉬엄쉬엄 걷다가도 “아이고 힘들다.” 소리가 절로 날쯤이면 어김없이 쉴 곳이 나타난다. 한적한 이곳에 정자가 있을 줄이야. 완도 앞바다를 바라보며 봄 햇살을 받아 반짝이는 윤슬을 커피잔에 담아 본다. 때맞춰 지나가는 고깃배가 우리만큼이나 여유롭다.

긴 일정이 아니기에 숙소에서의 뒤풀이는 계속되었다. 제주에서 공수하고 간 낙지에 소주를 곁들이니 그 맛이 일품이다. 짭조름히 간이 밴 낙지가 바다를 품었다. 낙지에 소주 한 잔 걸치니, 윤선도가 제주도 유배 가던 중 보길도에 머무르게 된 이유를 알 것 같다. 돛을 달아야 할 동풍이 있어, 닻을 내려야 할 석양이 있어 좋다. 아름다운 섬, 윤선도가 반한 보길도의 매력에 푹 젖어 본다. 몽돌해변 근처에 숙소 정하기를 잘했다. 잠자리에 들었는데 파도에 몽돌 구르는 소리가 가만가만 들린다.

파도 소리에 잠이 깬 여자의 아침은 분주하다. 집에서처럼 편한 차림으로 주방에 가지 말자는 의견이다. 일단은 바로 출발할 수 있게 곱게 단장했다. 허둥지둥 치장했더니 배가 허하다. 이제는 허기를 달랠 시간이다. 주부에게 진수성찬은 준비하는 수고 없이 간단히 만들어 먹는 것이다. 그래서 아침은 간소하게 라면으로 결정했다. 혹시 저녁에 출출할지도 모른다며 어제 준비한 라면이 오늘 아침 주식이 되었다. 라면에 전날 걸으며 캔 쑥과 달래에 낙지를 넣고 끓이니 이보다 더한 산해진미가 있을까 싶다. 은은하게 느껴지는 쑥 향과 달래에 낙지가 어우러지니 라면 맛이 으뜸이다. 라면을 처음 먹었을 때 충격적이었던 맛, 바로 그 맛이다.

배가 든든해졌다. 부른 배를 어르기에는 차茶가 제격이란다. 어제 걸으며 따 온 황칠나무잎으로 끓인 차를 내어 놓으니 너나없이 손이 간다. 처음 마셔보는 황칠차다. 화려한 맛은 아니지만 섬을 느낄 수 있는 수수한 그 맛이 좋다. 누군가 황칠차가 아니고 황실차라며, 차의 기품을 높이니 황제가 된 기분이다. "여봐라, 게 아무도 없느냐?"

쑥과 달래를 넣은 낙지라면과 황칠차, 요리를 좋아하는 회원의 생각은 적중했다. 전날 걸으며 쑥 뜯는 모습이 정겨워 '구좌문학회 시어머니'라는 애칭도 붙여줬다. 오늘 아침 시어머니 구실을 톡톡히 해내는 J 회원이다.

여행은 그 누군가의 하루 더하기 하루이다. 문학기행이라는 주제로 떠난 여행이었기에 순간순간을 곱게 간직한 만남이었다. 윤선도의 세연정과 윤선도가 걸었던 낙서재 가는 길, 힘들게 올랐던 동천석실과 황칠나무 그리고 쑥과 달래와 동백꽃과의 만남이 그렇다.

우연이든 필연이든 보길도와의 만남은 축복이었다. 그중에 회원들과의 만남은 더없이 소중했다. 비록 짧은 일정이었지만, 여행 중 나눴던 가슴 따뜻해지는 이야기는 오랜 시간 기억에 남을 것 같다. 마음이 시리고 헛헛할 때, 가슴을 적셔줄 수 있는 쉼터 같은 이야기였다.

그뿐인가, K 회원은 여행 중 배가 출출할 때 젓가락만 들면 바로 먹을 수 있게 군소와 문어를 볶아 왔다. 군소와 문어를 전날부터 삶고 볶고 준비했을 터이다. 회원의 손맛보다 더 큰 정성에 여행 내내 감동이었다. 글쓰기가 맺어준 특별하고 귀한 인연이다.

문학기행에 참석하지 못한 회원을 위한 배려일까. 파도에 밀려온 몽돌 소리를 휴대전화에 담고 있는 J 회원의 진지한 모습이 선뜻 가시질 않는다. 차륵차륵 차르르륵 차륵차륵 차르르륵.

추억의 소리

어떻게 했더라. 이 생각이 채 끝나기도 전에 본능처럼 기억이 되살아난다.

학교 운동장에서 아이들이 체험활동으로 연을 날리고 있다. 문구점에서 파는 비닐 가오리연이다. 모양이 하나같이 비슷해 보이지만, 각자 자기만의 개성을 표현했다. 연 몸통에 소망을 담은 듯한 그림과 글귀가 흐릿하게 보인다.

학급 전체 학생이 나오니 그 넓던 운동장이 아이들로 꽉 찼다. 연줄이 서로 엉키지 않게 간격을 두고 연을 날린다. 둘이 짝지어 한 명은 연실을 잡고 한 명은 연을 잡아 힘껏 날려 보지만, 높이 띄우지 못하고 바닥으로 내동댕이쳐지고 만다. 그저 바람이 원망스러울 뿐이다. 겨울답지 않게 바람 한 점 없는 온화한 날이 문제였다. 연실을 잡고 이리저리 뛰다 지쳤는지 운동장에 털썩 주저앉아 버린다.

'무심한 바람, 이런 날 아이들 기 좀 살려주면 안 되나.' 혼잣말은 어느새 콧물 닦은 옷소매가 반질반질하던 추억의 그 시절로 돌아가 있다.

그때만 해도 놀이에는 남녀 구분이 확실했다. 남자애들은 팽이와 자치기 그리고 제기차기에 관심이 많았고 여자애들은 뭐니 뭐니 해도 공깃돌 놀이와 고무줄놀이였다. 자치기는 위험하다고 어른들 몰래 하던 기억이 있다. 모든 게 귀하던 시절이라 놀잇감은 스스로 해결해야 했다. 고무줄놀이는 고무줄만 있으면 되는데 공깃돌은 자갈돌을 자기 주먹만 한 돌멩이로 곱게 다듬어야 한다. 그래야 다치지 않고 가지고 놀 수 있어서다. 간혹 자갈돌을 다듬다 손을 찧기도 하지만, 따뜻한 입김을 '호호' 불어 달래면 그만이었다.

팽이 만들기에 적당한 나무는 부모님이 구해 주었다. 대부분은 아버지나 형이 매끈하게 다듬어 주었지만, 직접 만드는 아이들도 있었다. 조무래기 손으로 만든 팽이는 울퉁불퉁 닭살 같다. 그래도 팽이의 윗부분에 무지개색으로 색칠해 상대방의 기선을 제압하기도 했다. 얼마 지나지 않아 문구점에서 팽이를 팔았고, 자기만의 것을 가지고 싶은 마음에 너나없이 팽이를 산다. 지금은 보기 드문데 그때만 해도 밧줄 용도로 사용하던 신서란이 집집이 있었다. 팽이는 문구점에서 사지만, 팽이채만은 스스로 만들어 썼다. 신서란 잎을 가늘게 찢어 물에 담갔다가 팽이채를 만들면 팽이 칠 때 착착 감기는 소리가 경쾌하다.

어릴 적 고향에는 나름의 아이들 놀이터가 있었다. 서로 약속이 없어도 학교 가지 않는 날에는 으레 한곳으로 모여든다. 비 온 뒤에는 "두껍아, 두껍아 헌 집 줄게 새집 다오." 모래집을 만들며 미래를 설계하듯 자기만의 영역을 넓혀간다. 자기가 사는 집보다 더 넓은 텃밭과 마당을 꾸몄다.

눈이 온 세상을 하얗게 덮은 날이면 비료 포대 한 장 들고 마을 내리막길로 모여들었다. 자동차가 없던 시절이라 훼방꾼도 없다. 간혹 어르신들만이 추위에 빨개진 얼굴을 보며 당신의 유년 시절을 추억하듯, 손을 비벼 아이들의 얼굴과 손에 온기를 넣어주고 갈 뿐이다. 옷이 다 젖을 정도로 놀다 보면 허기질 만도 한데 누구 하나 배고프단 소리가 없다. 종일 놀다 돌아와서는 시장이 반찬이라고 게 눈 감추듯 밥을 먹었던 기억이 아득하다.

찬 바람이 불기 시작하면 연날리기가 시작된다. 동네 야트막한 동산이 시끌벅적하다 싶으면 으레 하늘에는 가오리연이 유영하고 있다. 가오리연은 누구나 쉽게 만들 수 있어 많이 날리지 않았나 싶다. 연 만들기 재료도 간단하다. 신문지와 대나무 그리고 연실만 있으면 그만이었다.

어느 날 동생이 징징대며 들어왔다. 동네 친구들이랑

형들은 연을 날리는데 자기만 없다는 게다. 아들이라면 금쪽같이 생각하던 어머니는 언제 대나무를 구해왔는지, 내게 건네며 무언의 눈빛을 보낸다. 눈물범벅이 된 동생이 안쓰럽기도 했지만, 계란프라이가 탐이 나서이다. 동생을 살뜰히 챙겨준 날엔 어머니는 늘 내 몫의 달걀 반찬을 따로 준비해 주었다.

언젠가 사촌오빠가 가오리연을 만드는 모습을 옆에서 지켜봤었다. 그 기억을 더듬으며 대나무 살을 준비하는데 동생이 더 신났다. 잔심부름도 곧잘 하고 고양이 자세로 통통거리며 누나의 손놀림을 응원한다. 처음이라 만족스러운 연은 아니었지만, 동생을 어르기에는 충분했다.

모든 게 어려워 창호지도 귀한 시절이라 연은 신문지로 만들었다. 먼저 대나무를 가늘게 쪼개 다듬어 중심 살과 허릿살을 준비한다. 신문지는 정사각형으로 잘라 마름모꼴로 바닥에 펼쳐 놓고, 중심 살은 중앙 위아래로 길게 붙인다. 다음으로 허릿살을 활처럼 휘어 중심 살과 교차하게 마름모 양쪽 끝에 맞춰 붙여주면 된다. 이제는 목줄을 만들어야 하는데 그 중심을 잡는 게 연날리기의 기술이다. 균형이 맞아야 연을 잘 날릴 수 있기 때문이다. 중심 고리에 연실을 묶고 마지막으로 꼬리와 양 날개를 달아주면 끝이다. 모든 풀칠은 밥풀을 이용했고, 밥풀이 잘 이겨지지 않아 울퉁불퉁해도 접착력만은 그만이었다.

문명의 소리에 더 익숙한 요즘이다. 자동차 소리, 컴퓨터 시동 소리, 냉장고 돌아가는 소리 등 자연의 소리보다 기계음으로 조용할 날이 없을 정도이다. 학교 운동장에서 연 날리는 모습을 보며 지금은 아련한 추억으로 남아있는 자연의 소리가 그립다. 마음 한 귀퉁이에 자리한 공깃돌 다듬는 소리, 신서란 팽이채로 팽이 치는 소리, 물기 머금은 모래를 손등에 올리고 모래집 짓는 소리, 비료 포대 썰매 타며 깔깔대는 소리, 가오리연이 바람에 맞서 휭휭하는 소리….

손톱에 낀 때가 정겹게 느껴지던 시절, 마음 곳간 한편에 아득한 추억의 소리가 나이와 함께 익어간다.

봄 마중

게으른 몸을 일으킨다. 모처럼 느슨한 주말을 즐기려는데 친구가 봄맞이 가잔다. 입춘이 코 앞이니 우리가 먼저 봄을 맞이해야 한다고 야단이다. 그의 속셈을 알기에 장바구니 하나 들고 설레설레 따라나섰다. 친구는 안 그런 척했지만, 그는 지금 글감이 간절했던 게다.

그렇게 우리는 친구가 농사짓는 밭에서 이른 봄을 마중한다. 친구의 봄은 의외로 튼실했다. 눈과 햇빛 그리고 해풍을 머금으며 바닥에 납작 엎드려 순을 키웠다. 이렇게 흙의 영양을 듬뿍 받으며 자란 시금치는 달곰하고 고소하기까지 하다. 시금치가 잦지 않고 드문드문 세를 넓혀 도톰하니 제법 실하다. 아마 씨뿌리기는 경력자의 손을 타지 않았나 싶다.

친구는 몇 년 전부터 당근 농사를 짓고 있다. 지난해에 가뭄으로 당근 발아가 고르지 않아 재파종을 두고 고민한다는 얘기를 들었다. 이웃의 조언도 듣고 귀동냥도 하여 재파종은 포기하고, 대신 발아가 안 된 빈 곳에 쪽파, 돌산 갓 나물, 시금치 종자를 뿌렸단다. 요리를 좋아하더니 취향에 맞는 채소를 골랐다. 쪽파김치는 이미 맛을 봤고, 돌산 갓김치도 머지않아 맛만 보라며 슬쩍 내밀 것이다.

밭은 비워 두면 잡초만 무성해 묵정밭이 돼 버린다는 이웃의 얘기를 듣고, 몇 가지 채소를 심었더니 지인들에게 나눌 수 있어 좋단다. 공간은 넓고 종자는 적고 그래서 듬성듬성 시금치 종자를 뿌렸을 뿐인데, 웃자라지 않고 바닥을 기며 야무지게 자랐다. 탄성이 절로 난다.

먹을 만치 시금치를 캔 후, 밭담을 의지해 자란 달래도 캐고 숨은 보물찾기하듯 냉이도 캔다. 밭 관리를 잘해서인가 이때쯤이면 당근 그루에는 냉이가 지천인데 냉이 찾기가 수월치 않다. 냉이는 된장국 한번 끓여 먹을 만큼이면 그만이다. 그렇게 우리는 햇살 좋은 날 봄을 캐며 부산을 떨었다.

봄볕을 등에 지고 담벼락에서 시금치를 다듬는데 어릴 적 생각에 마음이 애잔하다. 어머니는 조그마한 밭에 백중 절기쯤에 시금치 종자를 뿌렸고, 수확할 시기가 되면 오일장에 내다 팔았다. 장이 서는 전날이면 늦은 밤까지 시금치를 다듬어야 했다. 산더미 같은 시금치를 보며 차라리 먹어 버리는 게 낫겠다는 투정에도 어머니는 못 들은 척한다. 흘려버린 딸애의 투정을 입바람으로 화롯불에 태울 뿐이다. 먹기 싫은 밥 깨작깨작하듯 화롯불에 손 한번 쬐고 시금치 한번 다듬으며 늦장을 부린다. 그에 반해 차가운 벽에 걸린 백열등은 흐릿하지만 제 일에 열중이다. 전기요금을 아낀다며 전등 켜는 것을 단속했던 어머니지만, 이때만큼은 전등 인심도 후했다.

공부는 해야 하는데 시험 기간이라 해서 특별한 배려도 없었다. 시금치 다듬는 일은 어머니에게는 공부의 연장이고 교외체험학습이었다. 단지 보상이라면 학교에서 돌아왔을 때 다 식어 납작해진 국화 풀빵만이 기다리고 있을 뿐이다.

같은 제주도이지만, 이 곳은 봄기운이 가득한데 다른 지역은 많은 눈으로 오도 가도 못 하고 고립됐단다. 결코, 쉽지 않은 봄맞이다. 신학기쯤이면 봄인가 하여 철 지난 옷을 정리했다가 다시 꺼내기를 매해 반복했다. 이제는 봄이려니 하면 아니고 이제는 진짜로 봄이겠지 하면 또 아니다. 이렇듯 호락호락하지 않은 게 봄맞이다. 얼마 없어 입춘이라지만, 앞으로도 몇 번의 추위가 오고 풀리기를 더 해야 봄이다. 그래도 때가 되면 봄은 반드시 온다는 걸 알기에 그 기다림이 마냥 지루하지만은 않다.

겨울의 끝은 곧 봄의 시작을 의미한다. 그래서 그 추웠던 겨울도 견딜 수 있었는가 보다. 그 생각만으로도 위로가 되는 것은, 우리의 삶에도 자연의 변화와 다름없는 희망이 있어서다. 겨울의 생명은 잠시 쉬어 가는 듯하지만, 그 쉼 속에는 새로운 생명을 틔울 준비로 한창이었다.

봄은 생명력과 온화함만을 간직한 것은 아니다. 그 생명의 들머리에는 꽃샘추위와 같은 고비도 있었다. 그 고비를 넘어야만 완연한 봄이다. 우리의 삶도 마찬가지가 아닐까 싶다. 시작은 늘 가던 길에 발을 놓지만, 우리가 가는 길이 마냥 편하지만은 않다. 굽이굽이 돌아서 가는 길도 있고 때론 가파른 중턱을 넘어야만 하는 길도 있었다. 먼 길 돌아가는 쓰라림도 있지만, 그 여정이 절대 헛되지만은 않기에 때를 기다리며 설레는가 보다. 역경 속에는 위기에 대처하는 순리가 분명 담겨 있기 때문이다.

추운 겨울을 이겨낸 봄나물을 준비하는 손길이 분주하다. 시금치는 뿌리가 실하고 보랏빛 부분이 많아야 맛깔난다. 살짝 데친 후 갖은양념으로 조물조물 손맛을 더했다. 냉이는 뿌리째 먹어야 제맛이다. 된장 색을 입힌 향긋한 냉이 된장국이다. 준비된 달래는 사과와 곁들여 양념장으로 버무렸다. 톡 쏘는 매운맛과 상큼함이 조화를 이루니 맛이 으뜸이다.

저녁 밥상이 풍성하다. 쌉싸름한 냉이 된장국과 떨어진 입맛을 달랜다는 달래 무침. 그리고 달큼한 시금치나물을 올려놓으니 한 상이 제대로 차려졌다. 보기만 해도 침이

설설 끓는다. 봄의 시작, 겨울을 담은 채소만으로 차린 건강한 밥상이다.

계절을 담은 밥상을 보니 봄 향기가 가슴 가득 채워진다. 별생각 없이 따라나섰는데, 친구 덕에 봄도 캐고 추억도 캐고 삶도 캔다. 잠시 쉬어가며 오랜만에 가져본 이 여유가 좋다. 봄과 겨울 사이의 또 다른 하루를 보내며….

야고

혹시나 했다. 시기가 이른 것을 알면서도 내친김에 정상에서 하늘을 닮은 바다도 보고, 가을 하늘을 좀 더 가까이에서 느끼고자 했다. 그래서 억새의 물결은 기대를 안 한다. 행여나 갓 핀 *미삐쟁이라도 볼 수 있으면 그만이었다. 조금 지나면 제주 들녘 어디에서든 억새의 향연을 볼 수 있겠지만, 고향의 억새가 보고 싶단다.

초등학교 때 최고의 소풍 장소였다. 보물을 숨기기에 안성맞춤이어서일까. 어쨌든 우리는 보물찾기를 위해 억새밭을 휘저었고, 공책 한 권, 연필 한 자루에 기뻐하던 그 시절을 반추하고 싶었던 게다. 그렇게 친구와 나는 9월의 아끈다랑쉬를 오른다.

그때만 해도 단숨에 올랐던 오름인데 이제는 쉬어가라 한다. 40여 년이 지났으니 그럴 만도 하다. 다리의 관절도, 숨 고르기도 힘이 든다. 굼부리 정상이 바로 코 앞이지만,

욕심내지 않는다. 잠시 서서 숨을 고르는데 야고 봉오리가 새초롬히 고개를 치켜세웠다. 옆을 보니 연한 보랏빛 꽃이 고개를 떨구고 무리 지어 있다.

작가들의 작품 소재로 가끔 등장하여 야고에 대해 알고는 있었지만, 실물을 대하기는 처음이다. 친구가 야고라며 환성을 지르지 않았으면 모를 뻔했다. 이제 보면 또 언제 볼까 싶으니 억새는 뒷전이고 야고 찾기에 온 정신이 쏠린다. 성질 급한 억새라도 볼 수 있으려나 했지, 야고는 전혀 생각을 못 했다. 뜻밖의 선물에 웬 행운인가 싶다.

넋을 놓고 꽃에 빠져드는데, 담배 연기를 막 뿜어낼 듯 곰방대를 닮았다. 금방이라도 할아버지가 곰방대 담뱃재를 놋화로에 '툭툭' 털어낼 것만 같다. 이제는 아슴푸레하지만, 할아버지의 방문을 열면 담배 연기가 자욱했다. 그 회색빛에 끌려 향이라도 맡고 싶었지만, 여리디여린 꽃대를 차마 꺾지 못하겠다. 분명한 것은 퀴퀴한 담배 연기는 아니라는 것이다.

어릴 적 굼부리를 돌며 보물찾기하듯 야고를 찾는다. 그때는 상품 받을 욕심에 눈에 심지를 돋워 보물찾기에 혈안이었는데, 지금 아끈다랑쉬에는 야고가 곳곳에 수두룩하다. 여기저기 억새의 밑뿌리에 수줍게 피어있는 연보라 무리를 보는 것만으로도 오름의 하얀 군무가 그려진다. 야고는 억새 뿌리에 기생하는 식물이다. 야고가 지천이면 더불어 억새도 장관일 터이니.

친구가 그런다. 야고를 보니 학교 졸업하고 갓 취업했을 때 생각이 아련하단다. 어려웠던 시절이라 친구의 월세방에 두 명의 친구가 빌붙어 살았는데 주인 눈치가 보여 숨죽이며 살았다. 주인의 입장을 어느 정도 이해했기에 발소리 죽이며 물소리 줄이며 몇 달을 함께 한다. 어쩌면 야고도 더부살이한다고 곱고 여린 꽃대를 당당히 세우지 못하고 고개를 떨군 건 아닐까.

야고는 연한 보랏빛으로 초가을 자신의 존재를 알린다. 주로 제주에만 자생했다는데, 기후의 변화 때문일까, 제주의 억새를 옮겨 심은 상암 하늘공원에서도 적응하며 방문객의 환호를 받고 있다. 글을 쓰는 작가의 글감으로, 사진작가의 작품 소재로, 때론 나들이객의 벗이 되어 마음의 위안을 안겨 주고 있다.

이제 막 피어나는 야고의 꽃대를 보고 있노라니 미어캣이 고개를 들어 주변을 탐색하는 듯하다. 고개를 곧추세워 주변을 살핀들 햇살 한 줌 얻지 못하겠다. 억새 줄기에 가려 바람 한 점도 스며들지 않는다. 이런 환경에서 자라면 꽃대가 여릴 만도 한데 기죽지 않은 꼿꼿함이 있다. 마치 『토지』의 서희 같은 강단이 느껴진다.

비록 더부살이로 살아가지만, 쉬이 굽히지 않은 당당함과 겸손함이 배어 있다. 고개 숙인 꽃을 들어 향을 맡아보려다 꺾일까 봐 그만둔다. 줄기는 짧지만 단단했다. 아마도 기생 식물이라 영양분 흡수를 위해 진화된 게 아닐까 싶다. 고개 숙인 모습이 마치 지나가는 것들에게 길을 안내해 주는 등불 같기도 하다.

등불 같은 야고를 보니 세상에서 가장 소박한 이름 어머니가 떠오른다. 밭 한 마지기 없는 삶이었다. 남의 집 농사일을 거들며 품삯으로 근근이 생활했지만, 자식들을 위해서는 쉰내 나는 삶을 마다하지 않았다. 여름이면 어머니의 몸에서는 늘 땀에 찌든 쉰내가 났고, 얼굴엔 온통 소금꽃이 피어있곤 했다.

여자가 무슨 공부냐며 힘든 삶을 풀어내다가도 중학교 입학 시기가 되니 옆 마을에서 교과서를 구해왔다. 어린 마음에 중학교 진학을 못 하면 어쩌나, 방구석에 쪼그려 앉아 가슴 졸였던 순간이 아련하다. 비록 누가 사용했던 때 묻은 책이지만, 교과서를 보는 순간 세상을 다 얻은 것처럼 기뻐했던 슬픈 기억이 있다. 지친 삶을 가끔 어린 딸에게 넋두리할 때도 있었지만, 나에게 어머니는 늘 어두운 길을 밝혀주는 등불 같은 존재, 희망이었다.

이제 그때 어머니의 넋두리를 이해할 나이가 되었는데, 어머니는 기다려주지 않았다. 벌써 4년이 지났다. 그새 딸도 결혼시키고 손자도 봤다. 살아 계셨으면 증손자의 재롱을 보며 덩실덩실 어깨춤을 추실 어머니다. 허리춤에서 꼬깃꼬깃한 지폐 한 장을 꺼내 두 손으로 꼭 잡고 증손자에게 쥐여주었을 당신….

야고가 흐드러진 날 가족묘를 찾아 어머니의 넋두리를 다시 한번 들어봐야겠다.

* 억새꽃의 제주 지역 말

사라져 가는 우리말

지하철역에서 에스컬레이터를 찾아 한참 헤맸다는 기사를 보았다. 나이 드신 분이다 보니 'E/S'를 몰라 그랬다는 게 더 안타깝다. 영어 교육을 받은 우리 세대도 사전을 찾아볼 때가 있는데 어르신께서 얼마나 당황했을까.

최근 TV 예능프로나 홈쇼핑 방송을 보면 외국어 반 우리말 반이다. 의미를 이해하는 데 무리는 없다지만, 정확한 뜻을 알려고 사전을 찾아보거나 인터넷 검색을 하기도 한다. 그뿐만이 아니다. TV 자막이나 업체의 상호와 상품명은 일일이 들먹이기 어려울 정도로 외국어가 태반이다.

심지어는 공공기관에서조차 외국어를 남용하고 있다는 게 문제다. 국민의 바른 언어생활을 일깨우기 위해 올바른 국어사용에 앞장서야 할 기관이다. 그런데 홍보용 현수막을 보면 '심포지엄' · '페스티벌' · '테마' 등 외국어를 사용하고 있는 경우를 종종 본다. 우리말로 순화하여 충분히 쓸 수 있는 단어가 있음에도 말이다. 어떻게 보면 기관에서가 우리말 파괴를 부추기고 있는 건 아닌지 안타깝기만 하다.

우리가 가장 쉽게 접근할 수 있는 방송 매체 또한 문제다. 방송인은 그에 대한 우리말이 있는데 왜 굳이 외국어를 쓸까. 해외 유학파라는 것을 티 내기 위해서일까, 아니면 외국어를 쓰면 유식해 보여서일까. 나름의 까닭이 있겠지만, 그 이유가 궁금하다.

TV만 켜면 외국어이고 인터넷만 열면 통신언어 천지이다. 통신언어조차도 무분별하게 방송되고 있어 문제가 심각하다. 통신언어는 사전에서도 검색이 잘 안 된다. 언젠가 TV에서 '생선'이라는 말이 나왔다. 방송을 보며 아무리 이해하려고 했지만, 내가 아는 생선의 의미는 아니다. 결국, 딸의 도움을 받는다. '생일 선물'의 줄임말이란다. 슬픈 현실이다. 이러다 우리 한글이 사라지는 건 아닌지 걱정이 된다.

한글의 우수성과 독창성은 세계가 인정했다. 유네스코에서도 높이 평가한 우리글을 등한시하는 현실에 애가 탄다. 세계가 인정한 글에 자긍심을 가질 만도 한데 그렇다. 지금 거리에 나가보면 외래어와 외국어가 지천으로 널려있다. 흔히 볼 수 있는 현수막 광고만 보더라도 영어로 제작된 것이 많다. 유행이라기엔 한글의 홀대가 도를 넘은 듯 씁쓸하기만 하다.

방송 매체가 미치는 영향은 실로 크다. 요즘 예능프로가 대세이다 보니 일상에서 사용하고 있는 언어가 거침없이 방송되고 있다. 외국어나 줄임말은 보통이고 가끔은 비속어도 툭툭 튀어나온다. '깝치다', '졸라' 같은 말이 그렇다.

비속어가 여과 없이 방송되다 보니 성인인 우리도 이런 언어를 써도 괜찮은 건지 고개를 갸우뚱할 때가 있다. 성인도 이러는데 배우며 자라나는 애들은 오죽할까. 아이들은 비속어인 줄도 모르고 사용하는 경우가 많아서다. 남들이 쓰고 내가 좋아하는 연예인이 쓰니 무조건 따라 하는 것이다.

우리가 살아가면서 영향을 많이 받는 게 언론 매체라고 한다. 매체에서 늘 보고 듣다 보니 외국어와 줄임말이 제법 익숙해졌다. 이제는 우리도 사용해야만 할 것 같고 안 쓰면 시대에 뒤처질 것만 같다. 줄임말의 경우는 따로 공부해야 할 정도로 난해한 단어가 많다. 그래서 우리가 정확한 우리글을 가르치는 일이 벌어지고 있는 게다.

외래어 사용은 어쩔 수 없다지만, 외국어 남용은 자제해야 한다. 특히 연예인과 방송인은 단어 선택 하나에도 신중해야 한다. 그들의 언어를 따라 하는 세대가 많아서다.

글을 쓰기 시작한 지도 꽤 된다. 처음 글을 쓸 때 초등학생이었던 딸이 어느새 결혼할 나이가 되었고, 그저 좋아서 긁적이던 글이 한 권이 책이 되었다. 누군가 그런다, 이젠 펜만 들면 글이 꿰미로 올라오겠다고. 침묵으로 대응할 수밖에….

글쓰기에 이력이라는 말은 없었다. 꾸준한 노력과 훈련뿐이었다. 그래서 글을 쓸 때마다 한 글자 한 글자 단어 선택을 조심스레 하고 있다. 글에 상처 주지 않으려 수많은 밤을 새워 생채기를 보듬어 안아도 보았다. 글을 쓰다가 외래어를 사용해야 할 때는 반드시 사전을 찾아본다. 외래어도 가능하면 우리말로 순화하여 쓰고, 한자어도 고유어를 찾아 쓰고 있다. 외국어 사용을 절제하는 것은 당연하다. 책으로 출간되고 나면 오롯이 작가의 책임이기 때문이다. 글을 쓰고 있는 작가라면 누구나 다 그럴 것이다.

그러고 보면 문예 창작 활동을 하는 작가들이 한글을 지키고 있음은 분명하다. 한글을 지키기 위한 이런 작가의 노력 또한 헛되지 않으리라 믿는다. 누군가는 그들에게 격려와 응원을 보낼 테니 말이다. 한글을 지키고 바로잡는 일, 우리 모두의 의무이자 책임이다.

자동차를 보내며

떠나보내는 뒷모습이 헛헛하다. 갑작스러운 이별 통보에 준비할 겨를도 없었다. 가벼운 접촉 사고여서 폐차까지는 생각을 못 했다. 차량 수리비가 중고가격보다 높아 어쩔 수 없이 폐차해야 할 것 같다는 통보뿐이다.

15년이 되었다, 운전면허증 취득도 자동차 취득도. 운전이 능숙하지 않다는 이유로 중고 아반떼가 나에게 왔고, 지금까지 묵묵히 나의 발이 되어 주었다. 출퇴근과 시장보기가 전부였지만, 가끔 고사리 꺾으러 들로 나갈 때는 험한 비포장도로도 마다하지 않았다. 다녀와서는 겸사겸사 그새 미뤘던 세차쯤으로 위로해줬을 뿐이다.

자동차 기능 조작 방법을 몰라 웃을 수도 울 수도 없었던 사연도 많았다. 사이드 브레이크를 내리려고 양손에 온 힘을 실어 한참을 씨름하다 결국 출근한 남편을 부른 적이 있다. 방법을 알고 나니 헛웃음이 났지만, 억지로 힘을 가하니 브레이크의 저항도 만만치 않았다. 운전 자격 없다는 남편의 말에 면허증 취득 시 운행했던 자동차는 사이드 브레이크가 고장이었다며, 서투른 운전을 고집으로 묻어버린다. 무지의 극치였다.

상향등을 켜고 몇 달을 주행하며 상대방의 운전을 방해하기도 했다. 하루는 지인이 항상 상향등을 켜고 운전하는 것 같다고 알려줘, 상향등과 하향등을 바로 고쳤다.

차가운 냉기를 맞으며 며칠 출퇴근도 했다. 차량 에어컨을 껐는데도 기계에 대해 둔함을 비웃기라도 하듯 찬 바람은 귓바퀴를 맴돈다. 계속되는 차가운 기운에 얼굴이 알알할 정도였다. 에어컨 조작 버튼을 이것저것 만져 보지만, 결국 옷깃을 여미며 운행해야만 했다. 5분 거리 출퇴근이라 가능했지, 안 그랬으면 주행하다 적당한 곳에 주차하고 대중교통을 이용할 뻔했다.

지역 내에서의 운전이 전부였지만, 이따금 지역을 벗어나 잠시 기분전환도 했다. 서투른 운전 실력 때문에 아반떼와의 특별한 추억은 없지만, 든든한 동반자로서 언제나 벗이 되어 주었다. 어떨 때는 휴식 공간이 되어 주기도 하고, 때론 분위기를 바꿔 작업 공간이 되기도 했다.

오랜 시간 함께 했기에 다시는 볼 수 없다고 생각하니 서운하다. 하룻밤 한나절 돌봤는데 엄마를 보자마자 언제 그랬냐며 손주가 뒤돌아설 때도, 이리 섭섭하지는 않았다.

세상에 쉬운 이별은 없나 보다. 자동차를 보내는 마음이 애틋하다.

새 차를 운행하는 데도 그리 즐겁지 않다. 마치 남의 옷을 입은 것처럼 어색하기만 하다. 핸들을 쥐었을 때의 느낌도 다르고, 브레이크를 밟는 느낌도 다르다. 적응을 거부하는 것인지, 그동안 정이 들었음인지, 아반떼와의 연을 끊기가 쉽지 않다. 15년을 함께 했으니 그럴 만도 하다. 아니다. 나에게는 보물과 같은 존재였다. 자동차를 구입하고 운전 부주의로 첫 흠을 내던 날 핸들을 쓸어내리며 얼마나 미안하다고 했던가.

사고는 조수석과 뒷좌석 문짝만 찍혀 운행하는 데는 이상 없었다. 사고 수습을 하고 돌아오면서 주인을 잘못 만나 고생이 많다며, 방어운전만 잘했어도 이런 일은 없었을 거라며 얼마나 다독였는지 모른다. 내 마음을 읽었던 걸까, 운전면허증을 취득하기 전 꿈속에서 텅 빈 도로를 신나게 달렸던 스릴감, 그런 느낌을 선사한다.

떠나보내는 마음이 이런 것이었을까. 허전하고 섭섭하고, 갈피를 못 잡고 허둥대는 모습이 마치 사라진 자를 찾는 술래 같다. 술래가 열을 세기도 전에 이미 마음은 들켜버린다. 심장이 먼저 마중 나와 떠나는 차와 이별하고 있다. "안녕 친구여, 그동안 애썼고 언제나 벗이 되어 줘서 고마웠다." 늘 본연에 최선을 다해준 고마움에 은연중 눈시울이 촉촉해진다. 정들었던 것과 헤어질 때도 마음 정리가 필요한가 보다.

사물도 영원할 수는 없나 보다. 언젠가는 헤어지리라는 것을 알고 있었는데도 헤어짐의 감정은 크고 공허하기만 하다. 이렇게 나의 첫차는 나와 이별을 한다. 차를 구입하고 자동차 등록 번호판이 세 번이나 바뀌었으니 세월의 흔적을 짐작할 수 있겠다. 어느 때쯤인가 부식된 보닛과 문짝을 교체하며 전체 도색도 한다. 그 비용이면 중고차 매입하는 게 낫겠다는 생각도 했지만, 정 때문에 그럴 수 없어 여태껏 같이했다.

소중했던 추억은 오래 기억되는 것일까. 사정상 차를 두고 와야만 했을 때이다. 낯선 곳에 혼자 두고 온 미안함에 다음날 어스름한 시간에 발을 동동거리며 새벽길을 나서기도 했다. 밤새 내린 눈을 오롯이 덮어쓴 안쓰러움에 얼른 온풍으로 찬 기운을 어루만져 주기도 했다. 출국 며칠 앞두고 신분증을 찾아 허둥대다가 우연히 운전석 옆에 떨어져 있던 주민등록증이 든 카드지갑을 발견한 곳도 아반떼였다. 신분증을 찾았을 때의 환희감이란, 아직도 그때의 기억을 잊을 수 없다. 69너7867 아반떼를 보내며.

속 빈 강정

상처는 아물면서 흉이 지게 되어 있다. 관리하기에 따라 덧나 흉터가 될 수도 있고 새살이 돋아 말끔해지기도 한다. 하지만, 관리해도 치유가 어려운 흉터도 있다. 마음의 상처로 인한 아픔이다. 마음의 상처에는 여러 가지가 있겠지만, 자신의 가치를 인정받지 못하고 무시당했을 때의 정신적 충격은 두고두고 가슴으로 기억하고 반항으로 맞서기도 한다.

뉴스를 검색하다 "어머님, 초안 확인해 주세요."라는 머리기사에 뭔가 수상쩍은 낌새가 느껴져 클릭했다. 예상대로다. 학벌 중심의 평가가 고액과외로 이루어지고 교내외에서 입상한 논문이나 보고서가 학원 강사들에 의해 돈거래로 작성되었다고 한다. 그렇다면 수백만 원짜리 스펙인 셈이다. 학벌 문화 사회에서 힘들어도 꼭 성공하겠다고 눈물로 밤을 지새우며 공부한 학생들에게는 설움이 아닐 수 없다. '개천에서 용 난다.'라는 말은 옛말이 되어 버린 것일까. 기사 내용이 사실이라면 부모의 경제력과 성적은 비례한다는 논리인데, 학벌주의가 만들어 낸 병폐가 아닐 수 없다.

조카가 초등학교 4학년 때다. 어릴 때부터 똘똘했던 아이는 바쁜 부모를 대신해 늘 혼자 학교 준비물을 챙기고 방학 과제도 스스로 해냈다. 그해 전교생을 대상으로 우수 방학 과제물을 선정하는 교내 행사가 있었다. 그때 조카의 방학 과제가 최종 심사에까지 오르게 되었다.

최종 2인에서 우수상을 선정하기 어려울 정도로 두 학생은 과제물 준비를 잘했고, 결국은 임시 심사위원회를 구성해 재심사에 들어갔다. 심사위원회에서 조카의 과제물은 초등학교 4학년이 했다고 보기 어렵다며 탈락시킨다. 이유는 부모가 도와줬을 것이라는 게다.

조카는 최종 심사에서 탈락했지만, 상대 학생 과제가 우수해서 상을 받았다고 생각해 수상에 큰 의미를 두지는 않았다고 한다. 문제는 자신의 실력이 왜곡됐다는 점이다. 최종 탈락이 안타까웠던 담임선생님의 위로가 조카에게는 상처가 되어 버린다. 심사위원회에서 누군가 도움을 받은 과제물이라는 결론이 내려졌을 때, 학생의 진정한 실력이라는 담임의 항의도 받아들이지 않았다. 아쉬운 마음에 선생님은 이 내용을 조카에게 얘기해 버린 것이다.

선생님은 위로라 생각하고 건넨 말이었지만, 조카의 생각은 달랐다. 다음에도 이런 행사가 있을 때 자신의 실력을 믿지 않을 거라며, 그 후로 모든 학교생활에 소극적인 아이로 변해버렸다. 20년이 지난 지금은 웃으며 말하지만, 그때는 상처가 컸다고 한다. 결국, 실력을 제대로 인정받지 못한 감정을 극복하지 못해 부모의 기대에 부응하지는 못했다.

능력으로 인정받는 시대이지만, 기사처럼 능력과 실력이 돈으로 포장되고 있다니 씁쓸하기만 하다. 무늬만 화려한 속은 텅 빈 강정이다. 돈으로 산 화려한 스펙과 왜곡된 실력은 훈련으로 쌓은 진정한 능력이나 실력이 될 수 없다. 그렇다고 공정한 실력 평가는 이루어지고 있는 것일까. 가난하기 때문에 그들에겐 기회조차 주어지지 않는 건 아닌지. 위장된 실력과 학벌만이 그 자리를 대신하고 있는 건 아닌지.

실제로 재능이나 실력이 월등히 타고나지 않은 이상 학벌을 가진 사람을 따라잡기 쉽지 않은 사회가 되어 버렸다. 너나없이 수도권 대학으로 몰리고, 지방대학 졸업생 취업이 문제가 되고 있다는 사실만으로도 미뤄 짐작할 수 있다. 그러다 보니 목적을 이루기 위해 수단과 방법을 가리지 않고 학력과 학점을 구걸하고 있는 게 아닌가.

제 능력이었지만 부모의 도움을 받았다고 인정해 버린

실력과 돈으로 포장된 실력이 엇비슷하지만, 결과는 판이했다. 조카는 상처로 남았지만, 뉴스 기사의 누군가는 스펙이 되어 경쟁력에서 앞서고 있을 수도 있다. 흔들리지 않는 실력이 밀려나는 세상이 되어 버렸다.

부모의 찬스가 아닌 노력과 오랜 시간 갈고 닦은 진정한 실력을 사회는 왜 존중해 주지 못하는 것일까. 상처의 후유증은 오래간다. 조카가 그랬고 부모의 능력에 밀린 진정한 실력자들이 그랬을 것이다. 어쩌면 영원히 치유할 수 없는 응어리로 남았는지도 모른다.

기사를 보며 대 놓고 가짜 실력 만들기에 혈안이 되어 있는 부모의 모습이 가관이다. 마치 한 치의 오차도 없이 먹잇감을 사냥하려는 하이에나 같다. 겉은 화려하지만, 알맹이 없는 껍데기, 가짜 실력이 판을 치고 있다. 위장된 실력이 꿈을 향한 젊은 도전을 무너트리고 있다. 진정한 실력으로 경쟁하는 세상은 없는 것일까.

슬픈 기억

"어마, 나 똘 착허다." 전화선을 타고 들리는 목소리에 순간 울컥한다. 참 오랜만에 듣는 소리다. 할머니에게서 들었던 정겨움이 묻어있다. 딸의 친구라는 이유로 김 어르신은 딸 챙기듯 늘 살갑게 마음을 내어놓는다.

몇 해 전 돌봄이 필요한 취약 노인에게 서비스를 제공하는 생활지원사 일을 하였다. 어르신 댁을 방문하여 말벗도 해드리고 전화로 안전을 확인하는 일이다. 방문하는 날이면 어르신들은 자식 살피듯 한다. 밥은 챙겨 먹고 다니느냐, 운전 조심하고 다녀라. 당신을 위해서는 켜지도 않던 에어컨 인심도 넉넉하다.

방문일에 대화는 대부분 제주 4·3에 관한 이야기였다. 70여 년이 지났으면 잊을 법도 한데 어릴 적 기억을 어제였듯 생생하게 토해낸다. 절절한 기억 속엔 진실의 문제 이전에 살기 위한 처절한 몸부림이 묻어있다. 그렇게 제

주 4·3은 반세기를 훌쩍 넘겼다. 4·3은 민감한 부분이기도 하지만, 직접 보고 듣고 겪었던 세대가 아니라 옳고 그름을 논할 수는 없다. 단지 내가 생활지원사 일을 하면서 어르신들에게 들었던 이야기로 그때의 참상을 간접 경험해 볼 뿐이다. 어릴 적 이웃의 부탁으로 군에 간 아들에게 보내는 안부를 대신 받아 적듯, 당시 어르신들이 몸소 체험하거나 들은 얘기를 모아 정리한다.

1948년 겨울 어느 날, 무장대가 마을에 침입해 길갓집에 불을 지르고 저항하는 주민들을 살해하였다. 사건 후 경찰은 무장대의 가족과 그들의 팔촌까지 끌고 가 총살하였고, 무장대는 그에 대한 보복으로 군인과 경찰에 협조하는 우익인사와 그들의 가족을 해친다. 끔찍한 고통의 악순환이었다. 토벌대 역시 진압을 목적으로 무고한 주민들을 살해하면서 이유도 모른 채 주민들은 매일 불안에 떨어야만 했다.

무장대는 산간지대에 주둔하며 활동했는데, 그들이 산에서 민가로 내려오는 날이면 식량과 돈 그리고 옷을 빼앗아 갔다. 무장대의 기습공격에 대비해 부 어르신은 날이 저물면 형제들과 함께 해안가 조그만 굴로 피신하였다. 그리고 날이 밝으면 돌아오기를 반복하였다. 여름에는 모기떼에 물려 피부가 성한 곳이 없었다.

약탈을 견디다 못한 마을에서는 성을 쌓기 시작한다.

성을 쌓으면서는 가구마다 한 사람씩 울력에 동참했다. 오 어르신은 또래보다 키가 커 열세 살임에도 연세 있는 부모님을 대신하여 참여했다. 성은 집 울담과 밭담을 가져다 쌓았고, 그러다 보니 성 부근에는 경계가 모호할 정도로 집 울타리와 밭담이 하나도 없었다.

성의 밑바닥은 넓고 위로 올라갈수록 조금씩 좁아지는 형태로 맨 위에는 가시나무를 얹어 무장대의 접근을 막았다. 성 밖에는 침입자를 감시하도록 개를 키웠고, 성 높이는 집 높이의 두 배는 되었다고 한다. 집 높이의 두 배는 열세 살 아이의 눈높이고 실제로는 3m 정도 되지 않았나 싶다.

성을 쌓은 후에는 매일 보초를 섰다. 1950년 6·25 전쟁으로 청년들이 징용되면서부터는 남녀노소 할 것 없이 경계 근무에 나선다. 마을 성은 동문, 서문, 남문, 북문 등 네 개의 문이 있었고, 그 문으로만 출입할 수 있었다. 큰 도로를 접한 성문은 차량이 통행할 수 있을 만큼 넓었으며, 그곳은 주로 젊은이들이 보초를 섰다. 좁은 길 성문에는 여자들이 보초를 섰는데, 부녀자들도 경계 근무할 때는 죽창을 들었다고 한다.

무장대는 산간지대와 중산간 마을을 중심으로 활동하였다. 강경 진압 작전이 전개되면서 중산간 마을은 무장대와 진압군 그리고 경찰이 무력 충돌 과정에서 큰 피해를 보게 된다. 마을 전체가 전소되고 토벌대의 무차별한 총살로 주민들이 희생되었다. 이를 피해 해안가로 내려온 중산간 마을 주민들은 친인척 집의 방 한 칸을 얻어 살았는데, 그마저 어려운 주민들은 소와 말을 키우던 쇠막을 빌려 살았다. *소개 주민들은 목장에 두고 온 소와 말을 살피러 살던 마을에 갔다가 경찰이나 군인에게 붙들려 고초를 겪기도 한다. 그들은 먹을 것이 없어 조 껍질과 피 껍질에 톳을 넣어 죽처럼 끓여 먹는다. 이렇게 어려운 상황에서도 소개 주민들은 해안가 마을에 성을 쌓기 시작하자 너나없이 힘을 보탰다. 성이 완공되자 농사철이 되면 성 밖으로 나가 농사를 지었고, 외출할 때는 통행증을 받고 돌아올 때는 통행증을 반납하였다.

무장대는 밤이면 해안가로 내려와 전단을 뿌렸는데, 인근 마을 주민이 밭에서 돌아오다 전단을 줍고 생각 없이 주머니에 넣었다가 경찰에 발각돼 총살당하기도 한다. 그리고 무장대는 지서를 습격하여 총기를 탈취하기도 했지만, 광복 후 일본군이 철수하면서 땅에 묻고 간 총기를 발굴해 무기로 사용했다. 오 어르신은 이 얘기를 당시 어르신들에게 들었다고 한다.

사태가 장기화하면서 중산간 마을에도 성을 쌓으라는 명령이 내려진다. 마을로 돌아온 중산간 주민들은 임시방편으로 움막 생활을 하며 성을 쌓기 시작하였다. 어린아이를 제외하고는 모두 성 쌓기에 동원된다. 수레 하나 없던 시절이라 지게 등짐으로 그 많은 돌을 지어 날랐다. 도움을 받았던 해안가 마을에서도 인력 지원에 나섰고, 도시락은 직접 지참하였다고 한다.

사태가 진정되어 금족령이 해제되자 성을 허물어 자신의 집과 밭은 본인이 직접 경계를 복원하였다. 고 어르신 얘기로는 집 울담과 밭담을 다시 쌓으면서 착오든 작위적이든 많은 변화가 있었다. 힘 있는 자들은 집 울타리와 밭의 경계를 넓혀 담을 쌓기도 한다. 지적 사업으로 정비되었던 지적도가 지금의 현황 경계와 다른 것을 보면 그랬을 수도 있다는 생각이 든다.

홍 어르신은 4·3을 선뜻 말하지 않았다. 여쭤보면 대충 말하고 화제를 돌려 버린다. 4·3 이야기를 하면 억울하게 죽어간 원혼들에게 이렇게 살아있어 따뜻한 밥을 먹는 것조차 사치로 느껴진다고 한다. 아무 일도 없었던 듯 "그땐 경 햇주, 어쩔 수 어섯주, 목숨 붙엉 이시난 ᄒᆞ건 살아보젠 피 뿌리 죽으로 연명햇주." 홍 어르신의 한숨 섞인 말에 아픈 기억을 되살리는 것 같아 말 건네기가 조심스러웠다. "산에 가도 폭도고, 경찰에 잡혀가도 폭도고, 밤에는 폭도가 내려올까 무서웡 떨고, 낮에는 경찰이 해코지할까 무서웡 떨고, 정말 무서운 세상이라낫주." 하는 말에 더는 묻지 못한다.

친구의 아버지인 김 어르신도 아버지는 제사 지내기 위해 큰집에 가고 어머니와 형제들만 집에 있었다. 그날 밤 무장대가 마을을 습격하였고 놀란 어머니는 어린 동생을 둘러업고 형은 막냇동생 손을 잡고 뛰쳐나갔다. 어머니와 형을 놓친 김 어르신은 어쩌지 못하는 무서운 상황에 더는 따라가지 못한다. 근처 타지 않은 짚더미의 짚단을 빼고 추위도 피할 겸 그 안에 숨어 있었다.

무장대가 철수했다는 소식을 듣고 달려온 아버지가 타버린 집 앞에서 김 어르신 이름을 부르는데, 마치 동물의 울부짖는 소리 같았다고 한다. 익숙한 아버지 목소리에 잠에서 깨 짚더미에서 뛰쳐나오자 “어마 나 아덜 살아 있었구나, 착허다.”며 꼭 끌어 안아주었다. 그날 아버지의 넓고 따스했던 품을 아직도 뇌가 기억하는지 그때만 생각하면 지금도 짠하다고 한다. 아직도 마음에 남아있는 아버지 품을 생각하며 아이들로부터 안부 전화가 오면 “어마 나 똘(아덜) 착허다.”고 한단다. 아픔을 넘은 슬픈 기억이다.

제주 4·3은 광복 후 혼란기에 발생한 사건으로 인명피해도 컸고, 제주도 일원에서 무장대와 경찰, 군인 그리고 토벌대에 의해 무고한 주민들이 희생되었다. 선량한 주민들의 이유 없는 죽음과 살아남은 자의 억울한 기억은 아직도 회자 되고 있다. 늦었지만, 지금이라도 제주 4·3의 완전한 해결과 진실이 밝혀져 희생자와 유족들에게 위로가 되길 바란다.

* 적의 공습이나 화재 따위에 대비하여 한 곳에 집중된 주민이나 시설물을 분산시킴.

마법의 말

"작품 괜찮던데, 문예부에서 활동해 보지 않을래?"

학창 시절 가끔 교내 백일장에서 상을 받곤 했다. 잊힐 만하면 한 번씩 수상은 했지만, 글을 쓴다는 것에 큰 의미를 두지 않았다. 그렇기도 하지만, 글을 잘 쓰는 축에 끼지도 못했다. 중학교 때부터 교내외 백일장을 휩쓸다시피 한 동문이 있었다. 학업성적과는 별개여서 늘 의아하게 생각했다. 때론 부러움의 대상은 됐지만, 동문의 바짓가랑이를 붙잡지는 않았다. 내 실력은 내가 잘 알고 있어서다.

그러다 꽤 비중 있는 문예상을 받았다. 어떤 상이었는지 기억은 없다. 상을 받고 우쭐했던 기억이 아련하다. 이때 문예 담당 선생님이 하신 말이다. 누군가로부터 인정받는다는 것은 행복한 일이다. 문예부에서 활동해 보자는 제의에 뛸 듯이 기뻤다. 하지만, 내가 잘할 수 있을까 하는 소심한 성격 탓에 선뜻 마음이 내키지는 않았다. 괜스레 문예부의 문턱이 높게 느껴졌고, 어쩌다 운이 좋아 받은 상이라 여겼다.

궁정의 말은 꿈을 갖게 한다. 문예부에서 활동은 안 했지만, 선생님의 말씀에 힘입어 '내가 어떻게.'에서 '한번 해 볼까.'로 생각을 바꾸며 글쓰기에 관심을 두게 되었다. 글쓰기의 기본은 많이 읽는 것으로 생각하고, 학생 잡지와 만화를 닥치는 대로 읽었다. 책이 귀하던 시절이다 보니 친구들과 서로 돌려가며 읽는다. 읽고 싶었던 책은 몇 날 며칠을 설렘으로 기다리기도 했다. 그렇다고 독서광은 아니었다. 들뜬 마음으로 기다리던 책이 손에 쥐어졌을 때의 떨림은 새 교과서를 받았을 때의 느낌이었다. 새 학년에는 어떤 공부를 할까, 새 교과서를 한 번 쭉 훑어보던 그 마음이다. 두근거리는 마음으로 책 표지의 앞뒷면을 찬찬히 살펴보고 난 후에야 책장을 넘긴다.

마흔 무렵 우연한 기회에 제주문인협회에서 주관하는 문학 강좌에 참여하게 되었다. 글을 쓰겠다는 욕심보다는 그저 책이 좋아서 책 읽기가 좋아서 참여했던 강좌다. 생각과는 달리 문학 강좌가 끝나고 지역 문학회가 결성되어 지금까지 활동하고 있다.

선생님의 격려의 말 한마디에 나는 글쓰기와 인연이 되었고, 아직도 손에서 글을 놓지 않고 있다. 글쓰기가 좋아서라기보다는 한 작품을 탈고했을 때의 성취감 때문인지도 모르겠다. 작품의 마지막 마침표를 '탁' 찍을 때의 희열감은 작가에게는 최고의 선물인 게다.

우리가 살아가면서 말의 힘이 얼마나 큰지 물의 실험을 통해서도 알 수 있었다. 오래전 일본에서 물의 결정을 촬영한 사진을 공개해 화제가 되었다. 물을 마실 때 "고맙습니다."라고 하며 마실 때와 "나쁜 놈."이라고 하며 마실 때 물의 결정체가 다르다. 고맙다는 말을 들려준 물의 형태는 조각해 놓은 듯 육각형은 밝고 영롱했다. 나쁜 놈이라고 들려준 물은 형태도 갖추진 않았지만, 어둡고, 칙칙했다.

물의 실험에 신비해하며 시청자들은 지인에게 전파하는 노력도 마다하지 않았다. 나 또한 시청하지는 못했지만, 지인을 통해 알게 되었다. 신기하게도 '감사합니다, 고맙습니다, 천사'라고 말한 물의 결정체의 형태는 조금씩 달랐지만, 보석처럼 빛이 나고 수려했다. '바보, 망할, 악마'라고 들려준 물의 결정체는 형태도 없는 어둠의 빛이었다.

말은 잘 쓰면 약이 되지만, 잘못 쓰면 독이 된다는 말이 있다. 아무 생각 없이 내뱉은 말 때문에 입방아에 올라 곤욕을 치르기도 하고, 경제적 · 정신적으로 손해를 보는 일도 적지 않다. 물의 실험만이 아니라 식물을 통한 실험도 있었다. 고운 말을 듣고 자란 식물은 잎이 무성하고 싱싱하게 자랐지만, 나쁜 말을 듣고 자란 식물은 가느다란 잎 몇 개만 틔웠다. 이런 실험만 보더라도 말이 우리에게 미치는 영향이 어느 정도인지 가늠할 수 있겠다.

가슴 따뜻해지는 말과 힘을 북돋아 주는 말은 창조의 힘을 가진다고 한다. 나 또한 선생님의 한마디에 희망을 품었고, 새로운 도전에 용기를 얻었다. 어떠한 상황에서도 글쓰기에 게으르지 않았으며, 등단과 개인집 출간이라는 꿈도 이루었다.

프로이트는 말했다, 말은 마술이고 마음의 문을 열게 하는 말 한마디가 기적을 만든다고. 용기를 내야 할 때 "너라면 할 수 있어."라는 말 한마디가 힘들어하는 이들에게 꿈과 희망을 준다. 반면에 생각 없이 뱉은 가시 돋친 말은 상대방에게 상처만 남긴다. 말이 입힌 상처는 칼이 입힌 상처보다 깊다는 말, 그저 나온 말이 아니다. 이렇듯 긍정의 말 한마디에 감동하기도 하고, 부정의 말 한마디에 범죄자가 되기도 한다.

문득, 희대의 탈옥수가 했던 말이 가슴을 헤집는다. "초등학교 때 선생님이 "너 착한 놈이다."라며 머리 한번 쓰다듬어 줬다면 지금의 나는 없었을 것이다."

애잔하다.

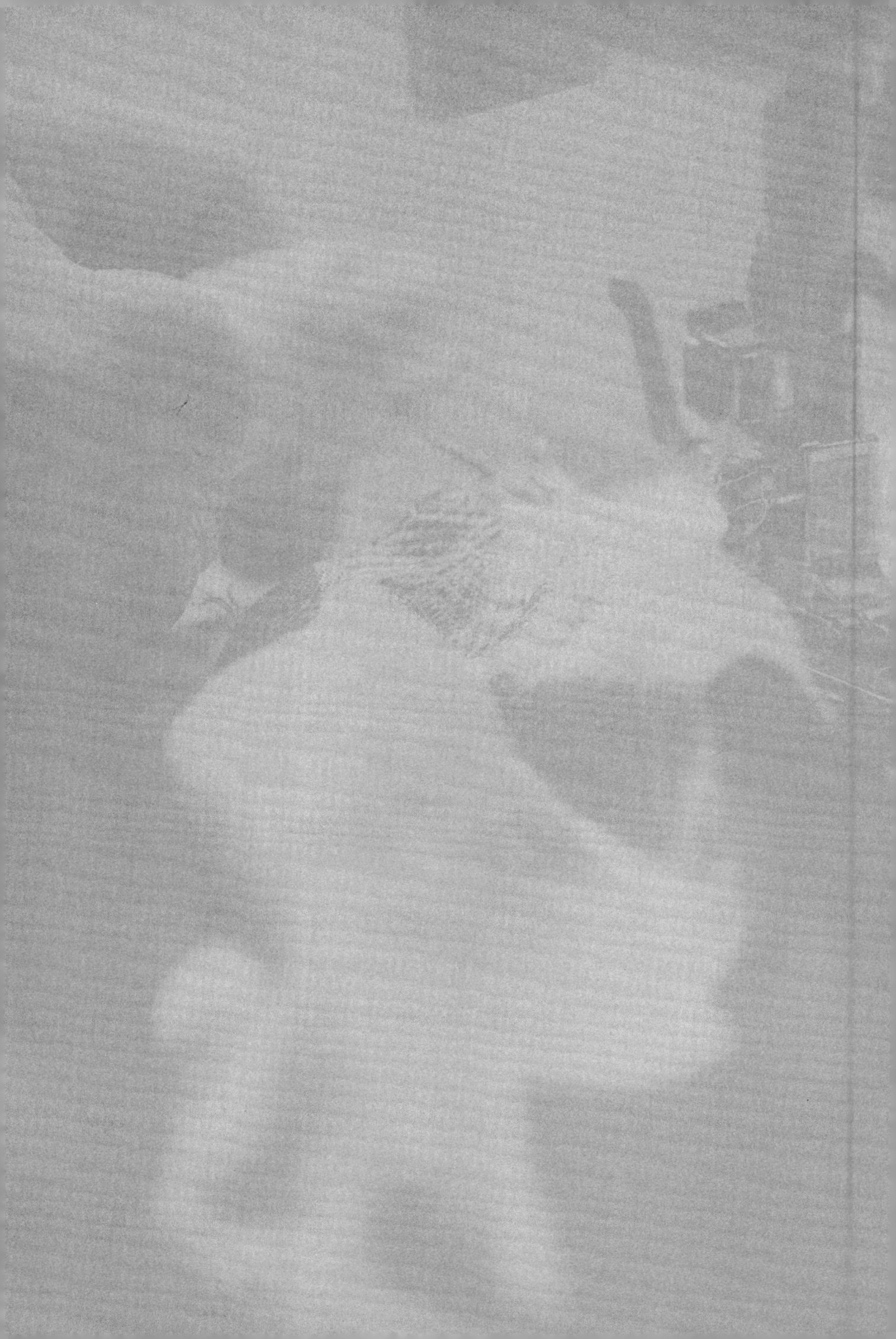

| 2부 |

어머니의 재봉틀

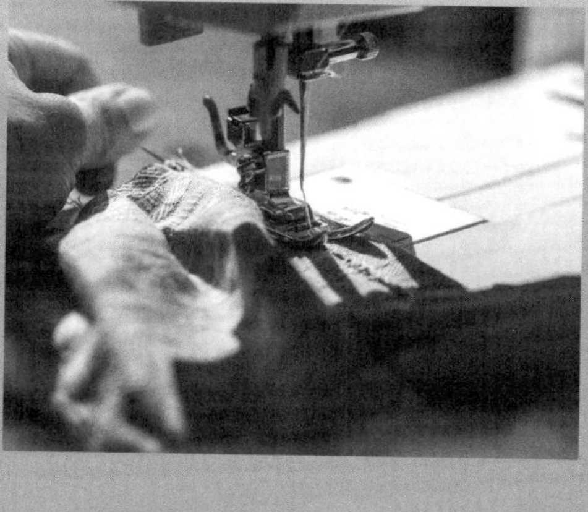

어머님의 침묵

작은 거인

어머니의 장도리

영원한 휴식

어머니의 재봉틀

보자기

어머니의 우미

그동안 수고하셨습니다

어머님의 침묵

당신을 처음 만난 것은 33년 전입니다. 작지 않은 체구에 구덕을 등에 업고 있었습니다. 구덕 안에는 생필품이며 과일이 가득합니다. 아마 기일이 며칠 안 남은 듯합니다. 등짐을 보니 체격만큼이나 제사 음식 준비하는 손놀림이 분주할 것만 같습니다.

이듬해 가을, 고부지간이라는 인연을 맺었습니다. 미쁘지 않은 며느리이지만, 딸 하나 얻었다며 좋아하셨습니다. 아들만 내리 넷을 두었으니 그럴 만도 합니다.

당신은 늘 푸짐히 준비합니다. 제사 음식을 준비하며 다듬고 굽고 부치다 보면 허리가 휠 정도이지만, 잠시 편 허리의 투정을 당신은 알려 하지 않았습니다. 당신이 겪은 보릿고개에 비하면 이 정도는 아무것도 아닌 겁니다. 그 시절, 꽃잎 훑어 주린 배를 채웠던 당신은 넉넉함으로 담아내려 했습니다. 당신에게서 나눔과 베풂은 일찍 떠나보낸 남편에 대한 그리움이지 않았나 생각해 봅니다.

손자 사랑은 남달랐습니다. 당신의 가슴은 세상을 다 껴안을 만치 넓기만 합니다. 품에서 잠든 손자가 행여 깨기나 할까 숭숭 뚫린 뼈마디에도 무릎걸음 마다하지 않았습니다. 손자의 재롱에 골 깊은 주름 사이로 웃음이 가득합니다. 투박하고 마른 손이 박수 소리를 훔쳐버리지만, 당신의 어깨춤은 눈이 부시도록 고왔습니다. 맏손자가 아무 탈 없이 군 복무에 임하길 바라며 조왕에 촛불을 켰고, 손자가 좋아하는 계란찜을 식탁에 올려놓고 나서야 수저를 듭니다. 부모 자식보다 더 절절한 할머니의 내리사랑이었습니다.

그동안 고마웠던 분들에게 마지막으로 당신의 손맛을 남기고 싶으셨습니까. 아픈 어깨를 달래며 돌덩이로 소라를 깼을 당신입니다. 침을 맞으며 아꼈던 어깨도 소라를 깰 때만큼은 무뎌 있었습니다. 귀하게 보관했던 성게도 그때만큼은 후합니다. 당신에게서 소라 젓갈을 받은 가족과 친지분들은 눈물로 삼켰다고 합니다.

왜 그랬습니까. 우리는 참기름을 짜지 못할 거로 생각하셨습니까. 행여 흘리기나 할까 꼭 닫은 참기름 병뚜껑에는 아직도 당신의 온기가 남아있습니다. 큰 소쿠리 가득 깨끗이 씻어 말리던 생수병을 어디에 쓸지 여쭤보지 못했습니다. 당신은 그 병에 참기름이 아닌 사랑을 담았습니다.

자식들에게 일일이 건강과 안부를 확인하고 나서야 안심이 되었습니다. 당신에게 자식은 늘 철없는 아이였던 겁니다. 미덥지 않았던 겁니다. 그래서 당신이 쓰시던 물건을 하나하나 정리하였습니까. 당신은 살뜰히 자식을 챙겼지만, 자식들은 당신의 사랑을 몰랐습니다. 당신이 짐을 내려놓고 나서야 사형제 가족 덮을 이불만 남기고 다 정리하신 것을 알게 됩니다.

당신과 함께했던 마지막 추석날입니다. 가족 모두가 노래방에서 한바탕 놀고 난 후, 그리도 흐뭇해하셨습니다. 그때 아들과 며느리 그리고 손자 손녀 노래를 들으니 이젠 여한이 없다고 하셨습니다. 왜 그런 말씀을 하셨습니까. 당신은 여한이 없을지 모르지만, 당신을 떠나보낸 슬픔은 당신이 지고 있던 70여 년의 짐보다 더 무거웠습니다.

이제 지나고 나니 알 것 같습니다. 자신도 모르게 당신은 떠날 채비를 하고 계셨던 겁니다. 조금만 기다리면 종친묘역을 조성할 수도 있었는데, 6년을 기다리고도 일 년을 참지 못해 그리 채근하셨습니까. 살아있을 때 당신이 눌 자리를 마련해야 한다고 그리도 우기셨습니다. 결국, 종친묘역이 아닌 가족묘역을 마련하고 아이처럼 좋아하셨습니다.

입버릇처럼 말씀하셨습니다, 자다가 본인도 모르게 영원한 여행을 떠나고 싶다고. 그러면서 마지막으로 우리에게 보양식을 해 줍니다. 그 국이 채 식기도 전에 당신은 이미 짐을 내려놓으셨습니다. 당신은 마지막으로 자식들에게 건강을 보충해 주고자 하였지만, 우리는 이미 당신과 함께 그 요리는 영원히 묻어버립니다. 당신 생각에 슬픔이 먼저 달려들어서입니다.

준비 없는 이별은 고통이었습니다. 그 슬픔이 종기를 째려는 순간, 소름 돋은 아픔이란 걸 당신은 몰랐습니다. 당신은 조용히 침묵으로 가르치고자 했지만, 우리는 받아들일 준비가 돼 있지 않았던 겁니다. 이제, 누가 우리 곁에서 이래라저래라 거들어 줄까요. 뒤늦은 깨달음에 당신의 빈자리가 시리도록 그립습니다. 당신이 평생 그리워하며 자맥질하던 바다 물빛도 오늘 유난히 더 차갑게 푸르기만 합니다.

당신을 떠나보내고 기도법이 바뀌었습니다. 사랑하는 이와의 영원한 이별은 두렵지 않습니다. 단지, 준비 없는 이별은 맞이하지 않게 해달라고 기도합니다. 그동안 살아온 삶을 정리하고 마무리할 최소한의 시간은 달라고 기도합니다.

'어머님 사랑합니다.', '어머님의 주시고 간 사랑, 영원히 간직하겠습니다.' 당신의 영전에 슬픔을 바른 꽃을 바칩니다.

작은 거인

고립된 두려움 때문일까, 섬사람은 뭍을 동경한다. 천사가 악마를 동경하듯 뭍의 문화를 그리며 아침 일찍부터 부산을 떨었다. 그저 하루만이라도 오롯이 뭍에 갇히고 싶다.

거리는 수많은 관광객으로 북적이고 섬사람들은 뭍의 문화를 담아내기 바쁘다. 한국적이면서도 이국의 멋이 있다. 섬에선 느낄 수 없는 문화의 향연이다. 전통과 현대가 어우러진 인사동 문화의 거리는 활기가 넘친다.

연인 사이인 듯하다. 외국인이다. 남자는 여자 한복을 여자는 남자 한복을 입었다. 짧은 한복 치마가 남자의 정강이에서 달랑거리지만, 전혀 개의치 않는다. 그들은 이국의 문화를 즐길 뿐이고, 우리는 새로운 활력과 영감을 얻을 뿐이다.

나 또한 뭍의 문화를 즐기려 여기저기 기웃거린다. 도

장은 왜 나이 지긋한 분만 새긴다고 생각했을까. 돋보기를 끼고 조각칼로 도장을 새기던 모습에 그리 여겨 버린 것 같기도 하다. 도장 새기는 분의 집중력만큼이나 진지하게 쳐다봤던 기억이 눈앞에 생생하게 다가온다.

기억이 엇갈렸다. 젊은이다. 도장 측면 디자인만 고르란다. 이름의 이미지도 고객 마음에 들게 새겨 준단다. 젊은이의 당당한 자신감에 믿음이 생겼다. 도장 새기는 20분과 견줄 수 없는 행복이다. 누군가 그런다, 이름 이미지가 내 분위기와 닮았다고.

인사동 문화의 거리에서 나만의 수제도장과 낭만을 주섬주섬 주워 담는다. 이래서 기다림이 길수록 아름답다 했는지. 시인을 만나기 위한 기다림은 어느덧 소중한 추억을 하나하나 더 하고 있었다.

또 다른 추억을 쌓으며 만남의 장소로 갔다. 꿉꿉한 책 냄새가 와락 달려든다. 손님 맞을 채비를 하던 주인장이다. 인사를 하자 구좌문학회 동인지를 소개한다. 우리의 방문을 위해 미리 준비했을까, 주인장의 세심한 배려에 감동한다.

카페 안의 벽마다 장을 들여 책을 꽂았다. 빽빽이 꽂힌 책을 피해 지나려면 불편할 법도 한데 그 누구 하나 불평하지 않는다. 불편하면 몸을 오그려서 지나면 되고, 안 그러면 돌아서 가면 된다. 사람보다 책이 우선인 '시가연'이다.

시인과 함께하는 시가연의 밤은 숙연하다. 시를 다 외웠다. 긴 시를 전부 외워서가 아니다. 노래와 함께하는 시낭송은 감동으로 금세 가슴에 와닿는다. 한 단어 한 단어 내뱉을 때마다 빛바랜 추억의 편린을 모아 하나로 꿴다. 기억의 비늘에는 그리움도 있고 고독도 있고 가난도 있었다. 구순인 연세에도 거침없는 시어에는 힘이 있다. 집중시키는 능력이 있다. 우리는 어느새 시인의 내면으로 빨려 들어간다. 바다가 보이는 '바닷가 민박집'과 '그리운 바다 성산포'이다.

시인은 섬과 바다를 사랑했다. 배낭 하나 메고 떠나는 곳은 늘 섬이다. 한평생을 바다만을 바라보고 있는 섬을 떠돈다. 썰물이 지난 해안에서, 파도치는 섬 갯바위에서 무수한 시어를 건져 올렸다. 1,000여 개의 섬을 팔았으니 시어의 풍경은 감동을 주기에 충분했다. 이제는 섬을 찾는 일을 그만둘 법도 한데, 지금도 섬을 찾아 떠난다. 섬과 바다가 죽으면 뭍이 죽는다고 했다. 그래서 씨프린스호 기름 유출 사고 때에 소리도 바위 위에서 눈물로 기름때를 씻기지 않았을까.

바닷가 민박집을 찾았을 때 메고 있던 배낭에는 노트북 대신 시집이 있다. 배낭 안, 시집에서 섬들이 줄줄이 줄을 타고 올라온다. 상조도 · 하조도 · 방아섬 · 독거도 · 서거차도 · 맹골도. 섬 소리만 들어도 토끼 귀가 된단다. 세월호 침몰 후에는 떠 있는 섬들이 가라앉을 것 같아 불안하다고 한다. 진정, 섬을 사랑한 시인이다.

소중히 책장을 넘기며 저자 사인을 하는 시인의 손에는 세월의 흔적이 잔잔하다. 주름 사이로 시의 운율이 꿈틀댄다. 살아있는 시어에는 시인의 삶이 고스란히 스며있다. 그 삶의 중심에는 늘 섬과 바다가 있었다. 세월이 흐른 만큼 시의 깊이도 단단했다. 엷은 떨림을 움켜쥐고 조그만 섬도 그려 놓는다. '고여생 님 2018년 3월 31일 인사동에서.'

오늘 바닷가 민박집에는 차 대신 막걸리가 놓였다. 창문으로 바다가 보이지는 않지만, 시인의 입에서는 바다 냄새가 묻어난다. 바닷가 민박집에서 어느새 성산포 바다를 그리고 있다. 시인은 '바닷가 민박집'과 '그리운 바다 성산포'를 오가며 삶을 토해낸다. 막걸리 한 사발의 여유일까. 바닷가 민박집에서 철학을 얘기하고, 우리는 그 철학을 주워 담는다.

구순의 철학은 소박했다. 바다가 창밖에 있으면 그것으로 충분했다. 성산포에서는 떠나간 임을 보기 위해 눈을 감았고, 감은 눈가에는 고독이 깔려 있다. 아니다 고독을 즐기고 있었다. 고독을 누구에게도 주지 않는다. 해삼 한 토막에 소주 두 잔으로 고독을 풀었고, 고립된 섬에서 뜬

눈으로 한 달만 살자며 누그러뜨린다. 진정 고독을 사랑한 시인이다.

시인이 찾은 바닷가 민박집은 엄숙했다. 민박집을 찾은 이들은 많았지만, 누구 하나 바다를 향한 그의 그리움을 대신할 수 없었다. 시인의 열정에 감동할 뿐이다. “바다만 보이면 됐어, 바다만 보이면 됐어.” 작은 체구지만 시를 사랑한 거인, 이생진.

어머니의 장도리

쇠로 된 손잡이가 쇠머리 중간에 꽉 물려있다. 작지만 듬직하다. 쇠머리 뒷부분은 재봉틀 노루발처럼 휘어 있고, 손잡이 끝은 물고기 꼬리 모양으로 가운데를 중심으로 키 모양으로 둥그스름히 비어있다. 키 모양의 파인 홈으로 맞물린 못을 살짝 끌어 올리고 노루발처럼 둥근 부분으로 '툭' 빼면 되었다. 어머니는 늘 그랬다.

어머니의 장도리는 특이하게도 쇠 손잡이로 지금의 나무 손잡이와는 사뭇 다르다. 크지도 않다. 성인 손으로 겨우 한 뼘 정도다. 내가 기억하는 시절을 계산해보면 최소 오십 년은 되었다. 그동안 세월의 흔적을 간직이라도 한 듯 장도리는 본색을 잃어 지금은 거무죽죽하다.

어머니의 유품을 정리하다 버리지 않고 거제에서 제주로 다시 공수해 왔다. 아마 동생도 어머니 손에 늘 쥐어있던 모습에 선뜻 어쩌지 못했으리라. 아들을 따라나선 어머니의 살림살이에 장도리도 한 가족이 되었다. 도착한 짐을 정리하던 동생이 어릴 적에 보아왔던 장도리를 거제까지 가지고 왔다며 전화가 왔다. 농담 삼아 어머니에게 장도리는 남편이나 마찬가지이니 나중에라도 버리지 말라며 웃어넘겼다.

그랬던 장도리가 며칠 전 내게 왔다. 어머니 돌아가시고 차마 버리지 못해 보관하다 제주까지 가지고 왔단다. 하찮은 것 같은데도 질긴 인연이다. 신문지에 돌돌 말린 장도리를 보는 순간 울컥했다. 어머니 손에는 늘 장도리가 들려 있었고, 그것은 남편의 빈자리를 대신한 우리 집의 살림꾼이었다.

장도리는 손수레 창고를 만들 때도 어머니와 함께했다. 돌담 울타리를 벽 삼아 나무 기둥을 세우고 곱게 엮은 짚으로 벽을 만들었다. 지붕도 서까래 위에 잔가지를 걸친 후 띠를 씌우니 그럴듯한 창고가 되었다. 문도 없고 한 평도 안 되는 작은 공간이었지만, 어머니에게는 소중한 허드레 곳간이었다. 겨울철이면 무청 시래기가 벽에 걸려 있고, 쓰다 남은 거름도 꽁꽁 싸매 손수레 안에 둔다. 작은 농기구는 쉽게 찾을 수 있게 벽에 걸어 두었다. 손바닥만 한 공간이지만, 어머니에게는 아주 요긴한 곳이었다.

어느 날 태풍으로 날아간 지붕과 벽이 최신식 자재인 함석으로 새롭게 탄생하였다. 아마 이때도 어머니는 이 장도리와 함께하지 않았을까. 학교에 갔다 왔더니 창고가 깔끔히 단장 되어 있다. 모든 게 귀하던 시절이라 목재에서 뺀 못을 다시 쓰기 위해 휘어진 못을 잡고 장도리로 곱게 다듬었을 어머니이다.

어머니가 이 장도리를 유독 소중히 간직한 이유를 알 것 같다. 가장의 빈자리를 대신해 홀로 네 남매를 키우기에는 버거웠으리라. 버릴 법도 한데 녹이 슨 못을 빼며 마음속 응어리보다 더한 말로 다부진 속내를 드러낸다. “이놈이 못은 왜 이리 빠지지 않고 애를 먹이냐, 그래 네가 이기냐 내가 이기냐 보자.” 끝내는 못을 뺐다. 그때, 마음의 응어리까지 뺀 듯 어머니의 흐뭇한 표정은 아직도 잊을 수가 없다.

어머니는 장도리로 박힌 못만이 아니라 마음의 못도 빼었던 것은 아닐까. 마음의 못이든 박힌 못이든 오랫동안 제거하지 않으면 상처가 된다. 마음속에 맺힌 응어리는 병이 되고 나무에 박힌 못은 녹이 슬어 삭는다. 그래서 어머니는 마음의 응어리를 빼기 위해 망치가 아닌 장도리를 선택했는지도 모르겠다.

어머니는 새 생명의 탄생을 위해 못을 박았다. 망치질 한 번에 시름을 내려놓고 망치질 두 번에 마음 다짐을 굳게 한다. 그래서 장도리 손잡이가 반들거릴 정도로 못질하지 않았나 싶다. 이렇게 어머니의 장도리는 남편의 빈

자리를 지키는 든든한 버팀목이었다.

애잔하다, 어머니의 장도리. 얼마나 손때가 묻었으면 이리도 매끄럽고 윤이 날까 싶다. 어머니의 체취를 느끼려 장도리 손잡이를 잡는다. 별이 차가운 밤, 방금 구워낸 고구마를 품에 안은 느낌이다. 차가운 듯하면서도 따스한 어머니의 손길이 느껴진다. 어머니는 늘 이 장도리로 묵은 때를 걷어 내 새 생명으로 부활시켰다. 떨어진 문고리를 붙이고 헐거워진 나무 의자를 살려냈다. 어느 날에는 휜 경첩을 떼어내고 새 경첩을 달아 깔끔하게 문짝을 정리하기도 했다.

어머니의 흔적을 곱게 종이에 싸 공구함 한쪽에 넣어둔다. 당분간은 쓸 일이 없을 듯하다. 어머니처럼 손재주도 없거니와 자별한 흥밋거리도 없다. 진지하게 활용 방법에 대해 생각해 보지만, 결론은 보관뿐이다. 어쩌면 우리 아이들이 부모님 유품이라 생각하고 고이 간직할 수도 있겠다.

'하루를 살기 위해서는, 하루를 살기 위한 지혜를 배워야 한다.' 탈무드의 철학을 어머니는 이미 깨달았을까. 야윈 등에 짊어진 눈물진 삶을 못질하며 곧추세웠다. 어머니에게 못을 박는 일은 마음속에 응어리를 심는 게 아니라 마음속 응어리를 캐는 다짐이고 결심이었다. 허기진 삶 속에서도 마음의 풍요를 꿈꾸는 버팀목이었다. 그렇게 당신을 채찍질하며 스스로 이겨냈다. 그래서 더 소중하고 가엾다.

어머니의 장도리.

영원한 휴식

이제 돼지 저금통에 동전이 모이면 누굴 드릴까요. 지폐는 마다했지만, 동전은 선뜻 받으셨습니다. 여윈 손으로 오백 원, 백 원, 오십 원, 십 원 동전을 각각 구분해 은행에 갔을 게 분명합니다. 금액도 정확히 계산했을 당신입니다.

잘 지내고 계시죠?

준비된 이별도 준비 없는 이별 못지않은 슬픔이었습니다. 그동안 어머니에게 못 해드린 후회인 거죠. 나는 걱정하지 말고 너희만 잘살면 된다는 말, 철없는 딸은 곧이곧대로 믿었답니다. 아니 믿고 싶었습니다. 그래야 마음이 편했으니까요. 이래저래 바쁘다는 핑계로 자주 찾아뵙지 못하고 어물어물 용돈으로 덮어버렸습니다. 어머니는 작은딸이 보고 싶었지만, 그 딸은 제 일이 우선이었습니다. 겨를이 없다는 변명이나 하면서 도리를 게을리한 거죠. 당신은 내 속을 훤히 꿰차고 있으면서도 늘 모른 척했다는 걸, 저는 알고 있었습니다. 그래서 아가페 사랑이라 하는가 봅니다.

당신을 보내드리고 나서 다시는 뵐 수 없을 거로 생각하니 마음 한구석이 쓸쓸합니다. 마치 고아가 된 느낌입니다. 손주 볼 나이가 됐는데도 말이에요. 그래도 잘 이겨내고 있습니다. "족은 뚤 은 어떵 어멍이 밥은 잘 먹엄신디, 좀은 잘 잠신디, 전화 훈 통 어신다." 우연히 전해 들은 말에 목이 메어 울었습니다. 이제라도 용서받을 수 있을까요. 용서받은 죄인이 되고 싶어 오늘도 당신 사진을 보며 허한 마음 달래고 있습니다.

영정 사진 정말 예뻤습니다. 살짝 웃는 모습도 그렇고, 한복도 잘 어울리고, 보름날 달빛처럼 화사합니다. 준비했던 영정 사진은 어딘지 모를 어색함 때문에 내가 고집 피웠습니다. 어머니 증명사진에 한복을 곱게 입혀드렸더니, 다들 곱다고 하였습니다.

비나 오면 다리를 펼까. 어기적어기적 다리 사이로 모진 바람길이 뚫렸습니다. 그 길에는 시름도, 고통도, 기쁨도 세월과 함께 흘렀습니다. 오 다리를 감추기 위해 늘 헐렁한 바지를 입으셨고 대중목욕탕은 절대 가지 않았습니다. 넋두리처럼 너희는 쪼그려 앉아 일하지 말라고 하셨습니다. 그래도 세월의 끝에 선 어머니는 한 번도 병원에 가지 않은 다리라며 고마워했습니다.

어머니 편안하신가요?

누워계셔도 당근 파종은 했는지, 솎음 작업은 했는지, 수확은 했는지 늘 궁금해하셨습니다. 누구든 천직은 어쩔 수 없나 봅니다. 이제는 농사일이 지겨울 법도 한데, 당신은 그게 유일한 낙이었던 겁니다. 오죽해야 링거 꽂고 딸네 당근밭을 직접 확인했을까요. 잘 키웠다며, 솎음질도 잘 됐다며 환하게 웃으시던 모습 지금도 선합니다.

어머니, 이곳에서는 머슴처럼 살았지만, 그곳에서는 여왕처럼 살고 계세요. 꼭 그리 살고 계셔야 해요. 다음 생애에 우리 만나면 그때는 내가 어머니의 시녀가 되어, 여기서 못다 한 효도 여한 없이 해드릴게요.

어머니!

아이 낳고 키워보니 알겠어요. 내가 학교 다닐 때 한 번도 거르지 않고 도시락 싸주신 거 고마워요. 그때 그 멸치볶음 정말 맛있었어요. 친구들이 만날 빼서 먹을 정도로 인기였으니까요. 친구는 어머니가 싸 준 도시락이 먹고 싶었고, 나는 구내식당 냄비 우동이 먹고 싶었고. 그래서 우리는 종종 바꿔 먹기도 했어요. 그때 어머니의 멸치볶음 맛을 흉내 내려 아무리 해도 안 돼요. 이젠 추억의 맛으로 묻어둘 수밖에요.

엊그제 저금통에 동전이 꽉 차 비닐 지퍼백에 넣다가 울컥했습니다. 어머니가 계셨으면 좋아하셨을 텐데. 어두운 눈으로 동전 하나하나 확인하며 분류했을 당신입니다. 은행에 다녀와서는 얼마였다고 꼭 얘기하셨죠. 관심 없으니 그러지 마시라고 해도 그때뿐이었습니다. 남에게 신세 지지도 그렇다고 폐를 끼치지도 않으려는 성격 탓이었겠죠. 베풂에는 익숙하지 않아 무딘 당신이었지만, 손주들에게는 늘 손을 펼쳤습니다. 용돈과 동전 교환한 돈을 되돌려준다는 것을 저는 알고 있었습니다.

그동안 쑥스러워서 부끄러워서 못 했던 말인데, 어머니, 우리 곱고 착하게 낳아줘서 정말 고마워요. 살아보니 착한 게 최고였습니다. 어머니 딸 부끄럼 없이 고향을 지키며 성실하게 살아가고 있습니다. 어머니가 착하게 낳아줘서 그런 겁니다.

어머니, 그곳에서는 이곳에서처럼 일도 하지 말고, 몹쓸 병에 걸리지도 말며 건강하게 잘 살고 계셔요. 아직 어머니에게 한 번도 못 했던 말, 어머니 사랑해요, 아주 많이요.

어머니의 재봉틀

"이거랑 즉은똘 주라.(이것은 작은딸 주라)"

어머니에게는 재산 목록 1호였다. 초등학교 4학년 때인 것 같다. 학교 수업이 끝나 집에 와 보니 재봉틀이 방 귀퉁이에 놓여있었다. 혹여나 그새 흠이라도 날까, 광목천으로 덮개를 만들어 가지런히 덮어 놓았다. TV도 없던 시절 재봉틀은 우리 집의 유일한 신문물이었다.

재봉틀이 집에 들어오던 날, 나에게는 책상이 생겼다. 좁은 것 같지만, 재봉틀 위에 책을 펼쳐 놓으니 제법 책상 티가 난다. 밥상이나 바닥에 엎드려서 하던 숙제를 의자에 앉아서 하니 공부하는 맛이 난다. 재미가 있다. 발틀은 책상을 마련될 때까지 나의 책상과 어머니의 재봉틀을 오가며 두루 보듬어 안았다.

결혼하고도 바지 품을 수선하거나 밑단을 줄일 때는 어머니에게 부탁했다. 원체 바느질 손매도 좋았지만, 수선할 옷을 가져가면 그리도 좋아하였기 때문이다. 그러다 보니 연세만큼이나 수선할 거리가 늘어났고, 힘차게 도는 재봉틀 소리가 당신에게는 기운을 불어넣어 주는 보약 같은 존재라며 좋아하였다. 안 그랬으면 구들장을 지켰을 텐데 되레 고맙다며 굼뜬 몸을 일으킨다. 누군가에게 도움이 된다고 생각한 듯, 수선 감을 들고 재봉틀로 걸어가는 발걸음이 바늘땀처럼 곱기만 하다.

처음 사들일 때는 발재봉틀이었는데, 언제가 손재봉틀로 개조돼 있었다. 한 손으로는 기계를 돌리고 한 손으로는 옷감을 움직여야 하는 불편함도 있었지만, 공간도 덜 차지하고 옮겨 다니기가 편해 개조했단다. 그렇게 재봉틀도 세월을 자맥질하듯 변화했다. 어머니의 반생과 함께했으면 이제는 고장 날 법도 한데, 그는 주인의 손놀림에 전과 다름없이 부드러운 소리로 반길 뿐이다. 시쳇말로 40여 년을 부려 먹었으면 쉴 때도 되었으련만, 어머니의 재봉틀은 여전히 허기진 모습이다. 친정에 갈 때마다 재봉틀 소리가 한발 앞서 나를 먼저 맞이했다.

당신의 얼마 남지 않은 생을 예감이라도 하였을까. 몇 번을 강조하고 또 강조하였다고 한다. "재봉틀이랑 여생이 주라." 아마 수선할 옷을 어머니에게 자주 맡겨서 그랬을까. 억지 춘향일 수도 있지만, 소일거리가 어머니의 무료함을 달랠 수 있을까 했던 마음이 효행이 되지 않았나 싶다.

바짓단을 손보고 반듯하게 완성된 바지를 보며 얼마나 뿌듯했을까. 쉬엄쉬엄하시라고 여유를 두고 부탁하지만, 하루도 채 지나지 않아 수선이 다 되었다며 연락이 온다. 이제는 눈도 어둡고 재봉틀 다루기도 예전 같지 않다더니만 헛말이었다. 수선한 바짓단 박음질이 땀 튄 곳 없이 촘촘하고 가지런하다.

어머니와 긴 여정을 함께 하며 소임을 다한 재봉틀을 집으로 들였다. 이 무거운 것을 어떻게 혼자 옮겨 다녔을까. 남편과 둘이 맞잡은 힘이 어머니의 여윈 힘만 못하다. 결국은 어머니가 옮기던 방법을 흉내 낸다. 큰 수건 위에 재봉틀을 올려놓고 수건을 끌어 적당한 장소로 옮겨 놓는다. 먼지 탈까 봐 재봉틀 위에 염색 천을 깔았더니 그 위가 허하다. 허전한 공간을 채우려 어머니는 바늘쌈을 올려놓았지만, 우리는 화분을 올려놓는다. 아직은 내 실력도 미덥지 않고 때를 기약할 수 없어서였다.

열린 창문 사이로 햇살이 비집고 들어오던 날 재봉틀을 꺼냈다. 재봉틀을 사용하지 않더라도 한 번씩 기름칠을 해 줘야 한다며 신신당부하던 어머니가 생각나서다. 그러겠다던 약속은 말뿐이었다. 근 삼 년을 방치 아닌 방치를 했으니 말이다. 떡 본 김에 제사 지낸다고 재봉틀 덮개를 열었더니 기름 냄새가 확 달려든다. 그런데 싫지가 않다. 오히려 익숙한 냄새에 희미한 기억 저편 어린 나를 떠올리게 한다.

학교 준비물인 걸레를 발틀로 누비고 있다. 노루발이 밀어내는 걸레 감을 어린 눈은 한시도 게으름을 피우지 않고 지켜봤다. 네 등분으로 접은 수건 가장자리를 곱게 박고 들뜨지 않게 또 사선으로 박음질한다. 이제는 완성인가 했는데 사선이 만나는 곳에서 아기 손 한 뼘 정도 사이를 띄고 원을 그리며 다시 박음질한다. 이제 제대로 된 걸레가 되었다. 만족한 듯 어머니가 만들어 준 걸레를 곱게 접어 가방에 넣었던 기억이 새롭다.

내친김에 재봉틀에 기름칠도 하고 이곳저곳 닦는다. 북집을 꺼내 면봉으로 먼지도 닦고 기름이 골고루 먹히도록 손잡이를 돌리기도 한다. 기름걸레로 몸체를 윤이 나게 닦는다. 그동안 바깥 구경을 못 시켜준 미안함일까. 헛돌리기를 하며 주인의 온기를 불어넣어 준다.

어머니의 재봉틀 소리가 그립다. 어머니는 천을 사다 곱게 커튼도 만들고 책상보도 만들었다. 베갯속 양쪽 모에는 자투리 천을 이용해 조각 문양을 만들어 붙였다. 겹겹이 포개 박음질한 문양이 어찌나 정교하고 우아했던지 마치 소용돌이 속으로 빨려 들어가는 듯했다.

재봉틀을 손질하다 가만히 생각에 잠겨 본다. 어머니가 재봉틀과 함께한 세월이 되면 내 글에도 연륜을 담을 수 있을까. 누군가 그랬다. "글쓰기는 자신의 내면을 표현하는 행위라고, 읽는 사람이 글쓴이의 마음과 생각을 느끼고 이해하고 공감할 수 있게 써야 한다고." 어머니의 정갈했던 바느질 솜씨처럼 정결한 글을 쓸 수 있을까. 해진 바지 무릎 곱게 지어내듯, 작품마다 여운을 담아 기워낼 수 있을까.

창작 활동이 절대 만만치 않다는 것을 알기에 우리는 쉼 없이 창작에 열정을 쏟는가 보다. 어머니가 한 땀 한 땀 사랑으로 박음질했듯이 내 글에도 한 자 한 자에 마음을 담아 독자가 공감하는 따뜻한 글로 재단하고 싶다.

보자기

눈대중만으로도 열 장은 족히 넘겠다. 엊그제 가지런히 정리한 것 같은데, 또 흐트러져 마음이 심란하다. 이제는 떠나보내 버릴까 하다가도 내게 건네졌을 때의 추억 같은 감정이 아스라이 떠올라 어쩌지 못한다. 하릴없이 어질러진 손수건을 다시 서랍 안으로 곱게 개켜 넣는다. 아이들에게 생일 선물로, 모임 나들이 기념으로, 한라산 등반 기념으로 그리고 염색 체험으로 직접 만들었던 손수건들이다.

어떻게 하면 서랍 안이 깔끔하게 정리될까 고민하다 손수건 한 장을 펼쳐 나머지 손수건을 싸 묶는다. 작은 보따리 하나가 있을 뿐인데 서랍 안이 제법 가지런해졌다. 만족스러운 미소가 어리는가 싶더니 홀연 어릴 적 어머니 궤 안의 보따리가 떠오른다. 깜박 잊고 자물쇠를 잠그지 않고 외출했던 날 나는 어머니의 보물창고를 훔쳐보았다.

궤를 열자 환기가 안 돼 꿉꿉한 냄새가 먼저 마중한다. 그런데 그 냄새가 싫지 않다. 오히려 궁금증을 불러일으키며 어머니가 오기 전 서두르기를 재촉한다. 갑작스러운 소나기에 걸음을 다그치듯 보자기 하나하나 풀며 내용물을 확인한다.

어머니는 물건을 종류별로 보자기에 싸 궤 안에 차곡차곡 넣어 두었다. 중요한 문서는 궤 밑바닥에 보관하고, 특별한 날에 입었던 한복과 버선도 깨끗이 손질해 꾸려놓았다. 계절이 지난 옷도 깔끔히 빨아 곱게 간수했다. 맨 위에는 손수건만 한 하얀 거즈가 보따리 안에 가지런히 들어 있었다.

불현듯 떠오른 그때의 기억이 오늘 어머니의 보따리를 흉내 내게 한다. 어수선하게 널려 있던 철 지난 양말이며 장갑 등 자주 사용하지 않는 것들을 손수건에 싸 정리했더니 서랍 안이 한결 단출해졌다. 보자기를 풀어 안의 내용물을 확인해야 하는 번거로움은 있지만, 찾으려고 여기저기 뒤적이는 수고로움에 비하면 아무것도 아니다.

보자기는 실제 우리 생활에서 많이 쓰였다. 어머니가 첫 집을 장만하고 이삿짐을 싸기 위해 처음으로 준비한 것도 보자기이다. 궤 위에 올려 있던 반짇고리가 내려지는 날이면 어머니는 늘 보자기를 만들고 있었다. 솥단지를 싸기 위해 큰 보자기를 만들기도 하고 조각천을 오목

조목 예쁘게 잇기도 한다. 물건 담을 그릇이라곤 대바구니밖에 없던 시절이라 이사할 때 보자기는 그 쓰임새가 아주 요긴하였다.

그때만 해도 보자기는 귀한 생활용품이었다. 학교 다니는 아이들의 책보가 되기도 하고 짐을 옮기는 운반 도구가 되기도 하였다. 물건을 보관하는 그릇으로 때론 추위를 막아주는 방한용으로 사용되기도 한다. 이런 다양한 용도 때문에 어머니는 자투리 천 하나도 허투루 하지 않고 정성을 들여 조각보로 완성하였다.

중학교 진학을 준비하면서 새 교과서 살 형편이 되지 않자, 어머니는 이웃 마을에서 헌책을 구해왔다. 책에 담겨있는 내용이 행여 흘려버리기라도 할까 봐 그때도 보자기에 꽁꽁 싸맸다. 보따리를 풀며 어렵게 구한 교과서이니 열심히 하라는 격려도 잊지 않았다. 책을 받고서야 이제야 정말 중학생이 되는구나 기뻐했던 기억이 아련하다.

중학교에 진학하고 2학년 초에 첫 생리를 했다. 어쩔 줄 몰라 당황하는 딸을 보며 "마냥 어린애인 줄 알았는데 이젠 어른이 되었구나."라며 궤를 열더니, 맨 위 보따리에 보관했던 하얀 거즈를 내게 건넨다. 그때야 보자기에 소중히 싸고 있던 거즈의 궁금증이 풀리게 되었다. 얼마 없어 일회용 위생용품을 사용했지만, 어머니는 딸이 여자로서 첫 시작은 당신이 손수 준비하고 싶었음이 분명하다.

이렇듯 보자기는 일상에서의 소중한 생활 도구였다. 보관하고 운반하는 용도 외에도 혼례 때 예물함을 싸기도 하고 밥상을 덮는 밥상보가 되기도 하였다. 언젠가 한복 치마폭이 거추장스러웠던 어머니는 얼른 보자기로 허리춤을 묶기도 하였다.

어머니에게 보자기는 꿈이고 희망이었을지도 모른다. 어쩌면 우리 어머니들의 삶이 그 안에 오롯이 스며들어 있다고나 할까. 하루하루 삶의 조각들을 기워 조각보에 담기도 하고 한 땀 한 땀 이으며 고달픈 삶을 달래기도 하였으리라. 손바느질의 여정만큼이나 어머니의 삶은 고비마다 지난하였고, 홀로 떠안아야 할 삶의 무게가 느껴질 무렵 어렵게 집을 장만하였다.

이삿짐을 정리하며 이불보를 만들기 위해 손바느질로 작은 보자기를 잇고 또 이었다. 이불보의 마지막 땀을 마무리하며 어금니로 실을 '뚝' 끊고는 바닥에 펼쳐 흐뭇해하던 모습이 지금도 어제였듯 생생하다. 어머니는 이삿짐 보따리가 늘어나는 만큼 새 보금자리에서의 더 나은 행복을 소망하지 않았을까.

우리의 삶도 어머니가 이삿짐을 싸듯 보자기로 감싸 안으며 살아가는 것은 아닐까 싶다. 모나면 모난 대로 둥글면 둥근 대로 모두를 품어 안으며. 편견 없이 서로를 끌어안아 주고 힘이 되어 주고 사랑으로 보듬어 안으며. 그래서 기쁨과 슬픔을 조각보처럼 적절히 이으며 살아가는, 그 보자기 안에 꿈과 희망을 담으며 삶을 완성해 가는 것은 아닌지.

어릴 적 어머니의 보자기를 닮은 서랍 안의 올망졸망한 손수건 보따리가 앙증맞다.

어머니의 우미

딱히 정해진 이름은 없다. 제주에서는 그냥 '우미'라 불리었고 우미라고 하면 제주 사람들에게는 거의 통한다. 우미는 우뭇가사리로 만든 한천에 양념장을 넣은 음식으로 우리 지역에서 통상 불리는 이름이다. 식이 섬유가 풍부하고 열량이 낮다 보니, 건강에 관심이 높아지는 요즘 건강식으로 사랑받고 있기도 하다.

어머니는 우뭇가사리 채취 시기가 되면 한천을 만들었다. 한천으로 우미를 만들어 먹으면 오장이 시원하단다. '설마 그렇기까지야….' 하며 우미에는 도통 관심이 없었다. 어머니가 시원하게 한 그릇 들이켜라고 하면 마지못해 한 사발 할 정도였다.

한천을 만든 날이면 큼지막한 김치통에 담아 냉장고에 넣어 두었다. 양으로 봐서는 많은 듯하지만, 며칠이면 김치통도 바닥을 드러낸다. 간식으로 때론 주식으로 어머니에게는 질리지 않은 음식이었다.

냉장고에 넣어 탱탱해진 한천은 그때그때 꺼내 우미를 만들어 먹었다. 그런데 언제부턴가 우미에서 맛이 돋아난다. 더운 여름날 한 그릇 했더니 속이 시원하다. 단순히 시원하다는 느낌만이 아니다. 스트레스가 확 날아갈 정도다. 어머니가 '오장이 시원하다.'라고 한 말을 실감할 것 같다. 우미에 중독성이 생긴 것일까. 이제는 내가 냉장고 문을 여닫으며 우미를 찾고 있다.

우뭇가사리 채취 시기가 되면 앞집도 옆집도 한천 만들기에 분주하다. 추억의 맛이라기보단 이 시기에 우미를 만들어 먹어야 더운 여름을 날 수 있다는 믿음 때문인지도 모르겠다. 6월이 되면 너나없이 건조된 우뭇가사리를 씻어 좋은 볕에 말리고 있다. 씻고 말리기를 서너 차례 하다 보면 우뭇가사리가 하얗게 자연 탈색된다. 마치 백발이 성성한 수염 같다.

하얗게 바랜 우뭇가사리는 솥에 넣고 끓여 주면 되는데, 끓일 때 눌러 붙지 않게 간간이 저어 주어야 한다. 더운 날 뜨거운 김을 쐬는 것도 시원한 우미 한 사발을 생각하면 즐거운 일이다. 어머니는 무쇠솥 바닥이 구멍 날 정도로 나무 주걱으로 '박박' 저어 주었다. 솥뚜껑을 열었을 때, 은근히 느껴지는 해조류 냄새가 좋지도, 그렇다고 싫지도 않았던 기억이 있다.

어머니는 아궁이를 품에 안고 물이 걸쭉해질 때까지 불을 지폈다. 어느 정도 우뭇가사리 진이 빠지면 체에 밭쳐 건더기를 걸러낸다. 걸러낸 물은 모양 좋은 그릇에 붓고 식히면 되는데 이게 우미를 만드는 한천이다.

한천을 만들고 나면 반드시 거치는 과정이 있었다. 자주 쓰지 않는 무쇠솥 관리이다. 녹이 슬까 봐 기름칠하던 모습이 어제인 듯 생생하다. 어머니 손을 거쳐 단장된 무쇠솥도 이제는 다음 해에나 볼 일이다.

한천은 굳으면 탱탱하고 쫀쫀한 묵처럼 된다. 간이 전혀 안 돼 있어 네 맛도 내 맛도 아니지만, 곱게 채 쳐 양념장으로 간을 하면 제주 어르신의 좋아하는 건강식이 된다. 그래서 그런지 어머니는 한천을 만들 때면 멀리 계신 친지에게도 보내곤 했다. 옛 맛은 오래 기억돼 늘 그리운 법이라는 것이다.

한천을 써는 칼질 소리가 경쾌하다. 채칼로 내리는 것보다 직접 칼질로 썬 우미가 맛이 있단다. 텃밭 귀퉁이에 심은 부추도 뜯어다 곱게 채 쳐 놓고 풋고추도 따다 다져 놓는다. 준비해 놓은 재료에 생수를 자작하게 붓고 전통 간장으로 간을 한다. 식초와 단맛을 약간 보태고 마지막으로 깨소금을 살살 뿌려 주면 드디어 우미가 완성된다.

생수 대신 간이 된 콩 국물을 넣기도 한다. 둘 다 어디에 견줄 수 없는 맛이다. 더위를 식힐 때는 생수로 우미를 만들고, 출출하여 요기할 때는 콩 국물로 우미를 만들었다. 둘 다 그 나름의 맛이 있는 별미이다.

기억이 아슴푸레하기 전 내년에는 직접 만들어 보겠다. 우뭇가사리를 바래고 끓이고 걸러내고 식히며 어머니의 우미 만드는 과정을 흉내라도 내 봐야겠다. 단번에 어머니의 맛을 찾을 수는 없겠지만, 비슷한 맛이라도 내고 싶다. 시원한 우미 한 사발의 기억을 얼른 떨칠 수가 없어서다.

참살이 바람을 타고 몸과 마음의 건강을 위한 식품이 넘쳐나는 요즈음이다. '건강식이다, 다이어트식이다.'며 갖가지 음식들이 쏟아져 나온다. 호박범벅, 쑥버무리, 청국장 등 헤아릴 수 없을 정도다. 그중에 숟가락 없이도 가볍게 호로록 들이켤 수 있는 매력, 우미가 으뜸이다.

그동안 수고하셨습니다

"휴대전화 찾게 신호 좀 보내봐요."

휴대전화는 현대인에게 없어서는 안 될 필수품이 되었다. 옆에 없으면 어딘가 모르게 허전해 공허해지기까지 한다. 마치 뇌가 멈춰버린 듯 불안하다. 짬을 내 뉴스도 봐야 하고, 전화번호도 검색해야 하고. 위치와 장소도 검색해야 한다. 이러니 녀석이 옆에 없으면 불안증까지 생긴다는 말이 아주 허튼소리는 아닌 게다. 이제 우리도 휴대전화 없으면 안절부절못하는 디지털 세대가 되어 버렸다.

조금 전까지 사용했던 휴대전화를 찾지 못해 남편에게 부탁한다. 뭉툭한 손가락으로 길게 단축번호를 누르는 느낌과 함께 수신음이 들린다. "저기 있네." 하며 신호음을 따라가는 발걸음이 느껴진다. 순간 정적이 흐르고 통화를 재촉하는 수신음은 악이 받쳤다. 쉼 없이 울리는 휴대전화를 내보이며 이 별칭 언제부터 사용했는지 묻는다. 울

컥했는지 물어보는 말끝이 흐리다. '그동안 수고하셨습니다.'

남편은 지역농협의 책임자로 재직하다 퇴임하였다. 평직원으로 시작해 최고 책임자까지 결코, 짧지 않은 기간을 오로지 농협 조합원을 위해 일해 왔다. 농민의 대변자로서 최선을 다하는 모습을 늘 가까이에서 보아왔기에 남편의 퇴임은 가족 모두에게는 명예로웠다.

사람은 누구나 인정받고 싶은 욕망이 있다. 거기다 자신의 존재가치가 누군가로부터 긍정적인 평가를 받게 됐을 때가 가장 행복하다고 한다. 그 평가 또한 부모로서, 직장인으로서, 생활인으로서 각자 자기 분야에서 인정받을 때가 아닌가 싶다.

어머님도 그랬다. 휴가차 내려온 손주가 할머니가 해주신 밥이 제일 먹고 싶었다는 말에 "아이고 내 새끼 착하다, 아이고 내 새끼 착하다."라며 굽은 몸을 일으켜 주방으로 한걸음에 내달렸던 적이 있다. 그때 어머님은 세상 누구보다도 흐뭇한 표정이었다. 주위에서 인정하는 요리 솜씨지만, 가족에게서 받은 찬사는 어머님에게는 최고의 기쁨이고 행복이다.

나 또한 20대 장성한 아들로부터 "엄마는 나의 베스트 프렌드."라는 말을 들었을 때, 잘못 들었나 싶어 되물어 확인하던 그 설렘을 아직도 잊지 못한다. 자식 키우면서 가장 뿌듯한 순간이 아니었나 싶다. 지금도 누군가에게 자랑삼아 얘기하곤 한다, 자식에게서 베스트 프랜드라는 말을 들어 본 적이 있냐면서. 이렇듯 가족에게 인정받을 때 가장 행복하지 않을까 싶다.

평생 동반자로서 함께하는 부부, 남편은 아내에게서 아내는 남편에게서 인정받을 때가 최고 감동의 순간이라 한다. 남편이 퇴임식 때 "아내가 가정의 일을 전적으로 책임져 주어서 내 직에 전념할 수 있었다." 그간의 고마움을 전했을 때 그동안 힘들고 지쳤던 고단함이 사르르 녹아내렸다. 남편 또한 같은 마음이 아니었을까.

휴대전화를 사용하면서부터 가족의 닉네임을 나의 소망과 마음을 담아 저장했다. 일종의 나에게 최면을 거는 것일 수도 있다. 우연일 수도 있겠지만, 큰딸이 고등학교 다닐 때까지는 아주 건강한 아이였다. 걱정되는 마음에 희망을 담아 딸의 별칭을 '비만 탈출'로 저장해 놨다. 그런데 현실이 되었다. 어느 날 독하게 마음을 먹었는지 자신감 있는 모습으로 변한다. 요요현상 없이 다이어트에 성공하여 지금은 중고등 시절 사진을 모두 파쇄해 버렸다.

'그동안 수고하셨습니다.', 이 별칭 또한 재임하는 동안 남편의 노고에 대한 나만의 표현이었다. 퇴임 후 쑥스러워 못했던 말, 휴대전화에 별칭을 빌려 마음을 담았다. 남편으로부터 걸려 온 전화를 받을 때마다 감사의 마음을 갖게 되었는데, 들켜버린 멋쩍음에 입꼬리가 그만 오그라들고 만다. 휴대전화 닉네임을 언제부터 사용했는지 물어보는 남편은 감정을 숨기려 하지만, 30년 지기는 그 속을 꿰뚫는다. 들뜬 마음 애써 감춘 침착한 목소리가 마치 벽에 걸려 어른대는 봄볕 같다.

이렇듯 일이며 성품에 대해 인정받을 때 자신의 가치와 소중함을 발견하게 되는 것은 아닐는지. 누군가로부터 인정받으며 살아갈 때 가장 힘이 나고 그만큼 성장하는 것은 아닐는지. 휴대전화를 보이며 묻던 남편의 촉촉한 눈빛에는 달착지근한 여운이 서려 있었다.

5개월 만에 내린 남편의 별칭이지만, 마음은 진심이었다. 퇴임 후 후유증 없이 잘 적응하며 지내주는 것도 고맙고, 일하는 아내를 위해 집안일을 조금씩 거들어 주는 것도 고맙고, 늦은 시작이지만 취미 생활에 열중하는 모습도 고맙다.

남편의 새로운 별칭을 고민하다 또 다른 소망을 휴대전화에 담는다. '주부 수업 중'

| 3부 |

마지막 자리

마중물

추억을 사다

갯담

결궁

곰삭다

흐뭇한 달빛

마지막 자리

맷집

아기천사였다

마중물

무더위와 가뭄에 제주도가 지쳤다. 심각한 가뭄으로 농작물은 휴면 상태이고, 가뭄을 이겨내기 위한 노력에는 네 일 내 일이 따로 없다. 가뭄 지역에 급수 차량과 양수기 지원이 발 빠르게 진행되지만, 물을 공급받지 못한 농가는 애가 탄다.

여름의 절정에 당근 파종을 했다. 발아만 된다면 적기 파종이다. 겨울 작물은 여름날의 하루가 겨울 일주일 이상의 생육과 버금가기 때문이다. 그래서 이 시기에 파종해야만 농작물을 일찍 수확하여 좋은 값을 받을 수 있다.

전례 없는 가뭄에 농촌은 발칵 뒤집혔고, 작물을 파종한 농가는 물 공급으로 24시간이 모자랄 정도다. 늘 반복되는 일상이지만, 당근 파종 시기가 되면 집에 있는 시간보다 밭에 있는 시간이 더 많다. 종일 밭고랑을 오가며 땀내에 찌든 치열한 농부의 삶이다.

우리도 예외는 아니다. 더위를 피해 이른 아침부터 분수 호스를 설치해 가동해보지만, 갈증만 부추긴다. 너나없이 농업용수를 사용하다 보니 수압이 약해 분수 호스 가동이 안 된다. 찔끔찔끔 내놓는 정책에 목마름만 더한 꼴이다. 그러다 보니 옆 밭의 주인은 양수기를 이용해 물을 공급하고 있었다.

이날도 분수 호스를 확인하기 위해 아침 일찍 밭으로 나갔다. 며칠 전부터 양수기로 물 공급을 한 옆 밭의 발아 정도를 확인하기 위해 밭담을 넘는다. 어르신이 최근 통화 기록으로 전화번호를 찾다가 남편을 보자 양수기가 안 된다며 도와달라고 부탁한다.

양수기의 연결 부분과 엔진오일, 점화 플러그 등을 확인해 보지만, 남편의 기본 지식으론 어림도 없다. 전문가의 손을 빌려야 할 것 같다며, 집에 가는 편에 싣고 가 수리하고 오겠다고 한다. 차에 싣는데 꽤 무겁다. 여자 어르신 혼자서는 쉽지 않을 듯해 남편이 선뜻 자청하고 나선 것 같다.

농기계수리센터에서 확인한 결과 양수기에는 이상이 없었다. 양수기에 물을 어느 정도 채워져야 물을 끌어 올릴 수 있다며 생수를 부어 준다. 아차, 마중물이다.

마중물은 펌프질할 때 물을 끌어 올리기 위해 처음 붓는 물이다. 마중하는 한 바가지의 물은 비록 적은 양이지만, 샘물을 퍼 올리는 힘이 된다. 아무리 좋은 물이 땅속에 풍부해도 마중물이 없다면 퍼 올릴 수 없다. 마중물, 더 많은 물을 끌어 올리기 위해 없어서는 안 될 소중한 물이다.

'아빠 힘내세요' IMF 때 발표돼 화제가 된 동요이다. 유치원생부터 청소년까지 너나없이 응원가처럼 부르며 힘을 실어줬다. 축 처진 아빠의 어깨를 단번에 끌어 올려 줬을 뿐만 아니라 힘들어하는 국민에게 희망을 주었다. 모두가 흥얼거리며 용기를 얻었다.

힘들 때일수록 가능성을 억눌러 스스로 함정에 빠지게 하는 자기 불구화라는 말이 있다. '나는 할 수 없어', '나는 게으르고 덜렁대' 스스로 자신을 학대하고 비하하며 내면에 잠재해 있는 꿈과 희망을 짓밟아 버린다. 아니다, 어쩌면 자존심의 문제일 수도 있다. 실패의 두려움에 대한 심리적 위기 대응일 수도 있다. 부정적인 결과를 예상하고 미리 방어를 취한 셈이다. 하지만, '아빠 힘내세요'라는 동요가 자신의 욕망과 가능성을 단번에 끌어 올려 줬다.

외환위기 때 실직하고도 가족에게 알리지 못하고 혼자 고민한 시간은, 출근한다며 집을 나와 산을 배회한 시간은, 가족 몰래 일자리를 찾아 헤맨 시간은 또한 얼마였을까. 보도되는 기사에 가슴 뭉클했던 적이 한두 번이 아니었다. 어떻게라도 이겨내 보려 애를 쓸 때 이 동요가 나온 것이다.

'아빠 힘내세요'에 대한 반응은 가히 폭발적이었다. 어렵고 힘들어하는 이들에게 희망과 용기를 주었다면 이 동요 또한 마중물이 아니었을까 한다. 인생에서 아무리 큰 실패를 해도 우리의 내면에는 잠재력이 있다. 그 잠재성을 이 노래가 끌어 올려 줬다. 힘들고 지쳐 있는 그들에게 세상과 소통할 수 있도록 희망을 주었다. 지친 어깨를 털고 아름다운 모습으로 새로운 세상을 맞이하는 법을 알게 해 주었다. 멀리서 귀한 손님이 오셨을 때 버선발로 마중 나가듯. 어려움을 이겨내는 이들에게 감동과 지혜와 슬기로움을 주는 마중물 역할을 하였다.

다음 날 옆 밭에 스프링클러 물줄기가 무지개를 이뤘다. '칙칙칙' 반경을 넓혔다 좁혔다 하며 노즐에서 뿜어 나오는 물줄기가 시원하다. 더위를 쫓는 물줄기 틈새로 언뜻언뜻 추운 겨울을 이겨낸 붉은 당근이 그려진다. 건드리기만 해도 수분을 '툭' 하고 터트릴 것만 같다. 마중물이 되었던 생수 한 병의 힘이다.

추억을 사다

기다렸다. 모든 일에는 때가 있는 법이다. 무슨 일이 있어도 오늘은 사야 한다. 이른 시간인데도 모종을 파는 장터에는 나처럼 시기를 놓친 사람들이 제법이다. 아니면 최근 쌀쌀한 날씨에 모종이 뿌리를 내리지 못하고 죽었을 수도 있다. 아닌 게 아니라 지난번에도 이곳에서 모종을 샀으니 좀 싸게 달란다. 그 말이 채 끝나기도 전에 시장 상인은 모종판을 쑥덕쑥덕 잘라 몇 개를 덤이라며 얹어준다. 가격 정찰제에 길들어 에누리에 익숙하지 않은 나는 속으로 쾌재를 부른다.

젊은 층은 나 혼자이다. 몇 개 사지 않을 거라 어르신을 먼저 보냈다. 고추, 깻잎, 상추, 오이, 애호박, 치커리, 대파 모종 합쳐봐야 만원이 채 안 된다. 어르신의 고추 모종 한 판에 비하며 시쳇말로 개미 오줌만큼도 못 하다. 차마 에누리는 못 하고 모종 담을 빈 상자를 얻어 차에 싣고 몇십 년 만에 시장 구경을 한다.

지역에 마트가 생긴 이유이기도 하지만, 필요한 만큼만 살 수 있다는 편리성 때문에 그동안 재래시장은 뒷전이었던 것 같다. 딱히 사야 할 것은 없다. 그저 한 바퀴 휘, 둘러볼 생각이다. 구경하다 필요한 게 있으면 시장바구니에 담고 아니면 마다하면 된다. 이른 시간이라 북적이지도 않고 물건들이 수북수북 신선하니 때깔이 좋다.

순대와 돼지고기 수육 등 이것저것 팔고 있는 가게에는 한 번 먹을 만치 위생적으로 포장돼 있다. 진열하고 있는 물건마다 김이 모락모락 피어오른다. 어르신 한 분이 돼지고기 수육을 산다. 한두 번 이용해 본 게 아닌 듯하다. 덤이라며 내장을 선뜻 담아주는 주인이다. 집에서 직접 수육을 삶기에는 번거롭고 귀찮을 수도 있다. 이렇게 간편하게 사서 드시는 것도 좋을 것 같다. 견물생심이라고 순대볶음이 생각나 순대 한 팩을 집어넣었다.

순대볶음에 넣을 양배추랑 깻잎을 사고 실파 반 단을 산다. 실파는 더 이상의 소분은 안 된다고 한다. 양이 많기는 하지만 깨끗이 씻어 적당한 크기로 썰어 냉동 보관하면 그만이다. 요리할 때 바로바로 꺼내 쓸 수 있어 오히려 더 편할 수 있다.

떡 본 김에 제사 지낸다고 작업용 방수 마스크도 산다. 제초 작업할 때 농약 중독에서 그나마 안심이 되겠다. 고

가구 파는 가게도 기웃거려 보지만 특별히 필요한 물건은 없다. 잠시 시간의 흔적과 어머님이 쓰시던 궤짝을 떠 올려 볼 뿐이다.

호떡 가게는 차례를 기다리는 줄이 제법 길다. 어른들은 추억으로 아이들은 맛으로 줄을 서 있다. 그 무리에 잠시 끼어 있다가 과일 가게로 눈길을 옮긴다. 금방 밭에서 따 온 듯 싱싱하다. 딸기의 새콤달콤함도 담고, 옆의 참외도 흥정한다. 작은 것 하나는 덤이란다. 뜻밖의 선물에 기쁨이 배가 된다. 익숙하지 않은 행복이 어릴 적 추억을 불러들인다. 어머니는 벌레 먹은 복숭아가 맛있다며, 늘 벌레 먹은 복숭아를 사 왔다. 나중에 알고 보니 거기에 반은 덤이었다는 얘기를 듣고 멀떠름했던 기억이 있다.

이것저것 시장바구니에 담고 모종 가게 옆을 지나는데 어르신 두 분이 얘기를 나누고 있다. 오랜만에 만나 고향 소식을 전하고 있는 것 같다. *"게난 그 성님 요양원에 가서?" 한다. 어르신 얘기를 듣는 순간, 살갗에 벌레가 기어가듯 스멀스멀 떠오르는 게 있다.

우리의 어머님들은 오일장에 물건 사러 가는 게 아니고 구경 간다고 했다. 물론 필요한 물건을 사기도 했지만, 세상사는 얘기가 우선이었다. 전화가 없던 시절이다 보니 오일장에서 고향 사람을 만나 소식도 듣고 동네 돌아가는 소문도 들었다. 오일장은 단순히 물건을 사고파는 곳만이 아니었다. 그간에 그리던 사람들을 만나 정도 나누고 ** 인사리하는 사랑방이었다. 야트막한 돌담에 앉아 이 얘기 저 얘기 나누다 보면 파장이 될 때도 있었다고 한다. 그래서 우리 어머님들은 열 일 제쳐두고 장날이 되면 오일장 구경 가신 것 같다. 오일장에 다녀온 날에는 고향 동네 애경사는 꼭 듣고 오셨으니 말이다.

그 지방의 진짜 모습을 보려면 시장으로 가라 했다. 내가 어렸을 때만 해도 채소와 집에서 키운 돼지를 시장에 내다 팔았다. 장날만 되면 손수레에 새끼 돼지를 싣고, 돼지가 뛰쳐나가지 못하게 그물을 덮어 장터로 가던 어머니의 모습이 생생하다. 지금 오일장 가축시장에는 닭과 오리 정도지만, 어르신이 텃밭에서 직접 키운 채소와 곡물은 여전히 거래되고 있다.

재래시장에는 돈으로 살 수 없는 가치가 있다. 그곳에서는 넉넉한 인심을 팔며, 따뜻한 정을 산다. 훈훈한 사람 냄새는 덤이다. 위생적인 환경과 편리성 때문에 재래시장이 대형마트에 밀려 사라지나 했는데, 지금은 지역 문화를 보며 즐길 수 있는 공간으로 자리매김하고 있다. 재래시장의 서민적인 정겨움이 젊은이들과 관광객에게 통했음이다.

새끼 돼지 팔러 가는 어머니의 뒤를 좇던 그녀는 지금 그때 어머니의 나이를 훌쩍 넘겼다. 그동안 장터에서는 얼마나 많은 정과 인심을 사고팔았을까, 무엇으로도 환산할 수 없는 가치, 재래시장만의 가지는 힘이 오일장에는 있다. 그 시절 뻥튀기 아저씨의 "뻥이요."라고 외치던 소리가 그립다.

* "그러니까 그 형님 요양원에 가셨냐?"의 제주 지역 말

* * '외로움의 벗이 되는 것'을 일컫는 제주 지역 말

갯담

고기잡이 체험자들이 신이 났다. 흥을 돋우는 놀이에는 어른과 아이가 따로 없는 것 같다. 어른들이 더 신명 났는데, 애들이야 말해 뭐하랴. 맨손으로 고기를 잡은 자의 환호와 놓친 자의 탄성이 원담 안에서 뒤범벅이 된다. 기쁨과 아쉬움이 엇갈린 인연이지만, 서로 축하해주고 격려해주는 모습이 훈훈하다.

"멜 들어쪄." '금능원담축제'에 어릴 적 어렴풋한 기억이 떠오른다. 대나무로 만든 구덕을 지고 어머니의 바쁜 걸음을 놓칠세라 총총걸음을 다그치며 달렸다. 새벽이었는지, 해 질 무렵이었는지 어슴푸레한 바닷가 모래사장에는 사람들로 북새통이었다. 혼자 남겨질 두려움 때문일까. 북적이는 인파 속에서 한시도 어머니의 여윈 뺨을 놓치지 않는다. 어느 순간 어머니의 뺨이 발그레해졌다. 한 됫박 두 됫박 대구덕에 멜이 가득 채워진다.

그때 어머니 대구덕의 멜도 원담에서 건져 올렸을 것 같다. 우리 지역에서는 원담을 갯담이라 부르는데, 밀물에 들어온 물고기가 빠져나가지 못하게 돌을 쌓아 만든 담이다. 직접 담을 쌓다 보니 짧은 거리인 여와 여 사이를 담으로 쌓지 않았나 싶다. 갯담은 마을 공동 소유였고 태풍으로 무너지거나 쓸리면 주민들이 힘을 합쳐 보수작업을 하였다고 한다. 전통어로 방식인 자연 그대로의 돌 그물인 셈이다.

멸치가 갯담에 갇힌 날은 장관이었다. 기제사를 올리고 돌아가던 길에 뜻밖의 행운이다. 달빛에 반사된 은비늘의 파닥임은 마치 햇살이 바다에 쉬어가는 듯했다. 황홀경에 취해 넋을 놓다가 "멜 들엇저." 한 번의 고함은 이 밤과 저 밤사이를 순식간에 아수라장으로 만들었다.

멜 들었다는 고성을 처음 들은 사람은 "갯담에 멜 들엇젠 허염수다, 갯담에 멜 들엇젠 허염수다."라며 바다로 향한다. 그 소리를 들은 사람은 전달하고 또 전달하니 한순간에 마을 사람들이 갯담 부근에 몰린다. 그릇이란 그릇은 총동원되지만, 혼자만의 욕심은 아니다. 모르고 놓친 이웃을 위한 배려하는 마음과 나눔이라는 아름다운 모습이었다.

갯담에 멜이 든 날은 너나없이 항아리 가득 염장 처리로 분주하다. 소금에 절여 바람이 잘 통하는 곳에 보관하면 두고두고 먹을 수 있어서다. 입맛이 없을 때 잘 익은 멸치젓갈 몇 점 건져 풋고추와 마늘을 듬뿍 넣고 양념하면 밥 한 그릇은 뚝딱이었다. 숙성된 멸치젓갈 항아리 뚜껑을 여는 날이면, 구수하게 곰삭은 젓갈 한 사발은 정과 함께 이웃의 울담을 넘나들었다.

염장하다 남은 멜은 삶아 대나무 발에다 널어 말렸다. 말린 멜은 보관이 쉬워 조림도 하고 고추장에 찍어 먹기도 한다. 가끔 건조가 덜 돼 곰팡이 슨 멜도 있었지만, 뜨거운 물에 깨끗이 씻고 고추 송송 썰어 졸여 먹으면 잊히지 않는 어머니의 손맛이 되었다.

부모님 세대의 바다는 삶의 터전이었다. 뗏목을 이용한 고기잡이가 살림에 보탬이 되었다면, 갯담은 정을 나누는 작은 바다였다. 풋고추 넣은 칼칼한 각제기국이 생각나는 날에는 어김없이 바다로 향했고, 갯담 안에 갇힌 댓 마리의 고기는 저녁 찬거리로 충분했다. 그러다 족바지의 손놀림이 분주한 날이면, 온 마을은 생선 굽는 냄새로 화기애애하다.

갯담이 최고 서른댓 군데 있는 마을도 있다. 지금은 파도에 치이고 쓸려 흔적만 남아있지만, 아직도 그곳은 해산물의 서식처이다. 돌만 일으키면 소라, 성게, 군소가 줄을 타고 올라온다. 몇 번 잠수하지 않고도 저녁 찬거리는 걱정이 없었단다.

오늘 행사장의 물고기 잡기 체험자 대부분은 가족이다. 아빠와 아이가 한 곳으로 몰아보기도 하고 서로 손잡고 조금씩 영역을 좁혀보기도 하지만, 다리 사이의 공간을 모를 리 없는 물고기이다. 고기를 놓치고도 허탈함보다는 함박웃음 웃는 참여자들을 보며 웃음이 끊이질 않는다. 잡고 놓치기를 여러 차례, 기쁨에 높이 들어 환호하다 고기를 또 놓치고 만다.

할아버지 세대를 추억하며 보는 이도 참여자도 흐뭇하기만 하다. 지금은 사라지거나 흔적만 남았지만, 제주도의 전통 고기잡이 방식으로 선조의 지혜를 엿볼 수 있다. 갯담을 이용한 고기잡이는 사라졌지만, 이름만은 남아 추억거리를 만들어 주고 있다.

추억 너머 잊혀 가는 갯담의 정이 그립다. 갯담에 다녀온 날이면 이웃은 고등어를 족바지 체 들고 와 양푼에 직접 부어 주고 갔다. 그릇에 옮기다 보면 싱싱함이 덜할까 싶어서다. 냉장고가 없던 시절, 마실 간 어머니를 대신해 큰 그릇에 물을 담고 그 위에 고등어 양푼을 올려놓았던 기억이 설핏하다. 그날 저녁 밥상에 올린 고등어구이는 살가운 이웃의 정이었다.

젓갈 쌈이 생각날 때면 우리는 옆집의 항아리 뚜껑을 열었다. 젓갈 담은 항아리는 임자가 없다며 흔쾌히 항아리를 내준 이웃이다. 이웃의 깊은 정만큼이나 잘 익은 젓갈도 한 사발 그득하다. 대접에 담아 집으로 돌아오다 구수한 젓갈 냄새에 새끼손가락으로 국물을 콕 찍어 맛보던 생각이 난다. 갯담이 주는 사랑이었다.

기억 속 훈훈했던 인심도 갯담이 하나, 둘 무너질 때마다 시나브로 사위어 간다. 풍랑에 무너지고 쓸린 갯담을 복원하면 무뎌져 가는 정을 되찾을 수 있을까. 젓갈 한 대접 얻어 오던 그 시절이 애틋하다.

걸궁

항아리의 텅 빈 울림이 좋다. 징 소리의 여운이 마치 빈 항아리에 고개를 박고 소리를 질렀을 때의 공명음 같다. 시작을 알리는 징 소리가 해녀의 물숨만큼이나 깊고 중후하다.

집안의 무사 안녕을 기원하는 의식은 조그만 마당을 휘감아 돈다. '덩 덩 덩 따쿵 따, 둥둥 두두둥, 갱갱 개개갱, 지이잉' 장구와 북 그리고 꽹과리와 징 가락이 화음을 이루며 흥을 돋우니 어르신들은 덩실덩실 어깨춤으로 분위기를 돋운다.

초등학교 저학년 때로 기억한다. 어머니는 어렵게 집을 장만하고 걸궁패를 불러들였다. 어머니만의 지신밟기인 셈이다. 새 보금자리에서의 복을 빌고 액을 몰아내는 마당밟기이다. 징 소리와 함께 동네 어르신들은 웃고 즐기며 마음 안에 흥을 일으킨다. 좁은 마당은 걸궁패로 가득

했지만, 서로 부딪히는 일 없이 신명으로 지신을 밟는다. 마땅한 무대가 없던 시절이라 마당은 그들에게는 몸과 마음을 치유하는 공간이었다.

걸궁은 집안이나 마을에 경사가 있을 때 초청하는 행사 정도로만 생각하고 있었다. 우연히 향토 자료를 수집하다 우리 마을의 걸궁에 대해 알게 된다. 걸궁은 음력 정월이면 마을 사람들의 안녕과 풍농을 기원하며 치러졌던 풍물놀이였다. 걸궁패는 마을마다 구성되었고, 부녀회와 청년회가 주체 되어 이끌어갔다. 일 년에 한 번 치러지는 행사이다 보니 정월이 되면 날을 정해 얼마간의 연습으로 그동안 묵혔던 장단을 맞추었다고 한다.

선조들은 정초에 집안의 지신을 밟으면 잡귀와 액운을 막아내어 가정의 행운을 불러들인다고 철석같이 믿었다. 매년 정초가 되면 집집마다 지신을 밟았고 춤과 익살로 놀이판을 벌였다. 선조들에게 걸궁패는 삶의 위안과 위로의 방편이고 수단이었다.

가정에서 걸궁패를 초대하고 지신밟기를 하면 의례적으로 돈을 지불한다. 수익의 일부는 부녀회와 청년회의 기금으로 사용하였고, 일부는 마을의 공공사업 기금으로 쓰였다고 한다. 그 기금의 대부분은 우물가 정비로 쓰이지 않았나 싶다. 우물터에 지붕도 씌우고 물허벅을 내릴 수 있는 물팡도 만들고 빨래도 할 수 있게 빨래판 대용 돌도 들였을 터이다. 우물가에 가면 느껴지는 특유의 물이끼 냄새가 지금도 감도는 듯하다. 그 후 마을에 수도가 들어오면서 우리의 생활양식에도 많은 변화를 가져왔다.

우물물을 사용하던 시절이다 보니 학교가 끝나면 으레 우물가로 향했다. 부엌 항아리에 물을 채워 놓는 것은 우리의 몫이었다. 대여섯 살 적이었던 듯하다. 마당에 털썩 주저앉아 다리를 바동거리며 언니를 졸랐다, 나도 물을 긷게 물허벅을 달라고. 어디서 구해왔는지 언니는 아기허벅을 준비했고 어린 눈에도 작은 물허벅이 앙증맞아 신났던 기억이 있다.

초등학교 입학할 즈음 마을에 공동수도가 들어왔고, 우리는 물을 긷는 일에서부터 자유롭고 편해졌다. 공동수도가 설치되면서 주변 정비와 편리하게 이용할 수 있도록 벽돌을 쌓아 공간을 마련하였는데, 이 비용 또한 걸궁 수익금으로 마련되지 않았나 싶다.

지금은 사라진 걸궁 문화지만 지역마다 민속보존회가 설립되어 전통문화를 보전, 육성하고 있다. 마을 부녀회를 중심으로 구성된 민속보존회는 사라져가는 전통 민속놀이인 걸궁을 계승, 발전시키고 있다. 지역 행사 때마다 초대되어 공연하다 보니 관객인 우리까지 장단과 흥에 점점 익숙해진다.

몇 년 전 탐라문화제에서 우연히 걸궁 공연을 보게 되

었다. 애절한 민요 가락에 끌려 따라갔더니, 때마침 우리 지역 민속보존회에서 공연하고 있지 않은가. 듣는 이의 감성 때문일까, 애잔함에 가슴이 뭉클하다. 4·3을 소재로 한 내용이었는데, 민요와 함께 한 공연은 관객을 몰입시키기에 부족함이 없었다. 공연을 보는 내내 흔들림 없는 눈빛과 노랫말을 음미하는 듯 눈을 지그시 감은 희생자의 여린 어깨의 움직임이 슬프다. 나 또한 억울한 죽임을 당한 무고한 희생자의 원혼을 달래는 대목에서 목울대를 차오르는 감정을 가까스로 밀어 삼켰다.

걸궁 공연은 몸짓과 표정만으로도 관객에게 감동을 주는 힘이 있었다. 노래와 장단 그리고 춤이 어우러진 종합예술이었다. 종합예술로써 자리매김할 수 있는 그만한 완성도도 있었다.

탐라문화제 공연을 보면서 사라져가는 향토문화로써 전통문화를 전승 보존하고 있음에 마음이 뿌듯하다. 후손들에 의해 민속놀이의 맥을 이어 가고 있는 걸궁, 어머니의 마당을 밟았듯 산지천 문화광장을 조곤조곤 밟고 있다.

곰삭다

어릴 적 먹었던 그리움이다. 지인이 맛만 보라며 작은 유리병에 담아 건넨다. 고도리 젓갈은 다른 젓갈 양념과 다르다며 친정어머니가 직접 양념까지 했단다. 짠맛을 중화시키려 했는지 무채가 섞여 있다. 무채가 섞인 고도리 젓갈을 보는 순간 “참, 그랬지.” 어머님이 만들어 줬던 고도리 젓갈에도 무채가 있었다. 손가락으로 국물을 찍어 맛을 봤더니, 짜지 않고 간간하니 어머니의 맛이 성큼 다가왔다. 고도리는 고등어 새끼로 어른 손 한 뼘 정도의 크기다. 삭힌 고도리를 먹기 좋게 빼째 다져 풋고추와 채소를 넣어 갖은양념을 하면 추억의 맛이 된다.

아궁이 군불이 남아있는 부엌은 가족의 식당이었다. 은근한 군불의 온기에 의지해 밥상에 둘러앉아 먹는 고도리 젓갈의 깊은 맛은 양푼을 긁게 했고, 그 시절 고도리 젓갈 한 마리면 온 식구의 한 끼 반찬으로 거뜬했다.

젓갈은 짭짤하고 감칠맛 나는 저장 식품으로 생선을 소금에 버무려 숙성시킨다. 시간이 어느 정도 지나면 감칠맛이 우러나기 시작하는데, 우리 음식 문화에 없어서는 안 되는 먹을거리이다. 얼마나 지난한 시간을 견뎌야만 이런 맛이 날까 싶다. 양념한 젓갈 한 보시기만으로도 여름철 잃었던 입맛을 불러오기에 충분했다.

어머니는 그랬다. 썰물 때 고기 떼가 갯담에 갇힌 날이면 양동이에 한가득 고도리를 얻어 왔다. 그러고는 생선이 무르기 전에 내장을 빼고 소금물에 씻었다. 물로 씻으면 젓갈이 삭는 동안 맛과 색이 변한다며 선생이 제자에게 강의하듯 강조한다. 듣고 바로 한 귀로 흘려 버릴 어린 딸은 무덤덤이 고개만 끄덕일 뿐이다. 그런데 그때의 기억이 아직도 남아있어 이렇게 내 글의 한 대목이 되고 있으니 모를 일이다.

젓갈 항아리도 깨끗이 씻어 말려 놓았다. 젓갈을 비워내며 다음을 준비한 것이다. 항아리 안을 성긴 삼베 천으로 몇 번 쓱쓱 훔치고는 조금 전 소금으로 버무린 고도리를 넣어 손으로 꾹꾹 누른다. 그 위에 깨끗이 씻어 말린 몽돌을 올려놓았다. 젓갈은 숙성 발효되면서 액즙이 생기는데, 고도리가 그 액즙에 절여 들게 하기 위해서란다. 마지막으로 몇 겹의 광목천으로 항아리 주둥이를 덮고 고무줄로 단단히 묶어 뚜껑을 닫는다. 그러고는 햇빛이 안 드는 서늘한 곳, 어머니만의 보물창고 속으로 안고 들어갔다.

향에도 길이 있고 소리가 있는 것일까. 이렇게 일 년을 곰삭아 젓갈 항아리 뚜껑을 여는 날이면 온 동네가 왁자지껄했다. 냄새를 따라 대접 하나 들고 이웃들이 모여들었다. 아낌없이 나눠주다 보면 항아리 바닥이 보이기도 했지만 개연치 않는다. 잘 삭아 맛날 때 나눠주고 다음 집 젓갈 항아리 뚜껑을 여는 날 얻으면 그만이었다. 젓갈 한 대접은 서로의 정을 나누는 품앗이 나눔이었다.

글을 쓰기 시작한 지도 꽤 오래되었다. 잘 익은 한 문장을 위해 막연히 밤을 붙들어 안기도 했고, 나오지 않은 글을 쥐어짜며 새벽을 맞이하기도 했다. 손이 안 보일 정도로 자판을 두드리다가도 이게 아니다 싶으면 어김없이 백스페이스키를 눌렀다. 곰삭은 문장이 아니었음이다.

빅토르 위고는 나이 오십이면 노년의 청년기라 했다. 육십이 코앞이니 나는 지금 노년의 중년인 셈이다. 책 한 페이지를 열어도, 모니터 창을 열어도 돋보기가 필수인 나이가 돼 버렸다. 누가 그랬다, 나이 듦은 늙어가는 것이 아니라 익어가는 것이라고. 지금 우리의 나이는 젓갈이 삭아 곰삭아 가듯 익어가는 나이인 게다.

슬프다. 시나브로 나이만 익어갔지 내 글은 여전히 지지부진 무디기만 하다. 이십여 년, 세상을 글로 표현하며 우리의 삶을 말거리로 이어왔지만, 아직도 글쓰기는 어렵기만 하다. 잘 쓰지는 못하지만, 그래도 잘 익은 글을 쓰고 싶어 글쓰기를 놓지 못하고 있다. 개인적인 일로 근 반년 동안 신작을 내지 못했다. 오랜만에 글을 쓰려 컴퓨터 앞에 앉았지만, 어떻게 시작해야 할지. 어떻게 시작했었는지 감이 무뎌졌다. 글에도 관성의 법칙이 있는 것일까. 생각도 손가락도 무디기만 하다.

고도리 젓갈의 잘 익은 냄새가 입안을 감돌아 기다리지를 못하겠다. 혼자 쌈 채소에 싸 먹고 있는데, 외출했던 남편이 들어오며 "오, 이 구수한 냄새는?" 한다. 고도리 젓갈임을 확인하고는 쌈 채소에 이것저것 올려놓고 그 위에 젓갈을 얹어 한입 가득 깊은 맛에 빠져든다. 옛날 맛이 살아 있다며 엄지를 들어 보이는 남편의 얼굴에도 연륜이 묻어있다.

나도 언제쯤이면 엄지척 감칠맛 나는 젓갈처럼 곰삭은 글을 쓸 수 있을까. 글은 생각으로 쓰는 게 아니라 아무거나 쓰기 시작하면서 만들어 가는 것이라 했다. 무작정 내 안에 가둬둔 글감을 끄집어 내려 오늘도 컴퓨터 앞에서 몇 번째 썼다가 지우고를 반복하는 중이다. 곰삭은 글을 찾아….

흐뭇한 달빛

결코, 만만치 않은 존재였다. 잠시 쉬어가며 생각할 여유를 가지라는 뜻이었을까, 우리 일행은 평창 행 KTX를 놓치고 만다.

'산허리는 온통 메밀밭이어서 피기 시작한 꽃이 소금을 뿌린 듯이 흐뭇한 달빛에 숨이 막힐 지경이다.' 눈을 지그시 감고 이효석이 그렸던 메밀밭을 읊조린다. 어느새 성큼 다가온 화사한 메밀밭이 내 마음의 정원이 되었다. 혼잡할 것을 우려해 축제 기간을 피한 일정으로 소금을 뿌려놓은 듯한 메밀밭은 기대하지 않았다. 다음 열차를 기다리다가 뜻밖의 호사를 누린 거다. 마음으로 그려 보기만 해도 '흐뭇한 달빛'에 숨은 내가 막힐 지경이다.

문학을 함께 하는 이들과의 나들이다. 뜻을 같이한다는 것만으로도 여행의 절반은 성공한 거다. 강물이 거침없이 흘러 천 리에 다다르듯 여행지는 봉평으로 정했다. 「메밀꽃 필 무렵」의 작가 이효석의 고향이다. 메밀꽃 필 무렵이 유명해 봉평이 있는 것인지, 봉평이 있어 메밀꽃 필 무렵이 탄생한 것인지, 딱히 단정할 수는 없다. 단지, 소설의 배경이 된 문학의 향기를 찾아 떠날 뿐이다.

보름 전에 평창 효석문화제가 끝이 났다. 축제 기간에는 원하는 문학기행이 아닐 수도 있다는 의견에 부러 행사 기간을 피한다. 그래서일까, 평창역에서 내리는 승객은 우리 일행뿐이었다.

효석의 생가에서 문학관까지는 걸어서 이동한다. 가산의 흔적을 더듬으며 옥수수 잎이 달빛에 푸르게 젖었던 길을 걷고 있다. 늦은 오후, 작은 바람에도 옥수수 대의 사각거림과 등에 밀려드는 10월의 여린 햇살을 업고 가을을 즐긴다.

이효석 문학관은 언덕에 자리하고 있었다. 문학관을 둘러본 뒤 전망대에서 봉평 마을을 한눈에 담는다. 산허리를 감싸 안은 여유로운 구름과 뭔지 모를 하트 모양을 마음에 담아 본다. 여기 어딘가에는 허 생원이 성 서방네 처녀와 사랑을 나눴던 물레방앗간과 대화장을 가기 위해 동이와 함께 건넜던 개울이 있을 거다.

문학관 전망대에서 본 하트 모양은 축제장의 메밀밭이었다. 메밀꽃이 절정이었을 때는 장관이었겠다. 축제장에는 행사를 끝낸 흔적이 아직도 여기저기 남아있다. 메밀밭을 전경으로 사진을 찍을 수 있도록 의자가 준비되었고, 허 생원과 동이가 다음 장으로 이동하며 탔을 법한 뗏목이 모두 떠나 버린 공허함에 달빛처럼 쓸쓸하다.

장관을 이룬 메밀꽃을 기대한 것은 아니지만, 달빛 아래 내려앉은 메밀꽃 눈을 상상으로 그려본다. 탐방로를 걷다가 마주한 꽃이 겸손하다. 봉평장이 파할 때처럼 시들시들 기운을 잃어가는 메밀 꽃덮이지만 소중하게 다가온다. 봉평에 왔으면 메밀꽃은 보고 가야 하지 않을까. 비록 시들어 가는 꽃이지만, 소금을 뿌려놓은 듯한 메밀밭을 몰래 훔쳐본 기분이다.

다음날 「메밀꽃 필 무렵」의 배경을 둘러보려 부러 걸어서 식당으로 이동한다. 길가의 이름 모를 들꽃과 코스모스가 걷는 내내 길벗이 되어 준다. 누군가 코스모스의 한들거리는 모습이 영락없이 바람난 봄 처녀 같다. 가을이 가기 전 하늘거리는 원피스 입고 봄바람 맞고 싶다 하는데 봉평장이 코앞이다. 아쉽게도 오일장 날이 아니어서 코스모스를 닮은 여인은 물 건너갔지만, 큰 웃음이 봉평 옥수수처럼 찰지기만 하다.

이른 시간이기는 하지만 이곳이 장터인가 싶을 정도로 조용하다. 대신 소설 속 행인이 되어 장날 분위기를 가늠해 본다. 허 생원의 단골 주막집이었던 충주집에서는 쪽파와 배추를 길게 펼쳐 놓은 메밀전 부치는 소리가 고소하다. 고소하게 구워진 메밀전에 막걸리 한 사발 들이켜면 시끌벅적했던 봉평장도 끝이 난다. 장이 파장되면 장돌뱅이들은 다음 장 채비로 고단한 삶은 또 시작된다.

허 생원이 물레방앗간에서 성 서방네 처녀와 하룻밤 추억을 버리지 못하고 간직한 이유를 알 것 같다. '돌밭에 벗어도 좋을 것을 달이 너무도 밝은 까닭에 옷을 벗으러 물레방앗간으로 들어가지 않았나.' 조 선달은 귀에 못이 박히도록 들었고 허 생원은 괴이한 인연이라 믿고 싶었다.

뚜벅뚜벅 걷다 보니 홍정천이 눈앞이다. 동이가 허 생원을 업고 건넜던 개울의 배경일 듯하다. 지금은 다리가 놓였지만, 개울을 건너야만 대화장으로 갈 수 있었다. 우연일까, 동이와 허 생원이 대화장으로 가던 날도 성 서방네 처녀랑 정분을 나눴던 날처럼 달밤이었다.

이효석을 어루더듬으며 봉평 문화마을을 한 바퀴 돌았더니 어느새 소설 메밀꽃 필 무렵의 마지막 장이다. 메밀꽃 필 무렵, 달빛이 흐뭇했듯 마음 안에도 깊은 울림으로 남는다.

마지막 자리

쓱쓱 두 번의 움직임에 원래 모습으로 돌아온다. 새하얀 깨끗함이 좋다. 산뜻함이 주는 막연한 느낌만이 아닌 마음이 정화되는 기분이다.

육아 일기를 쓰고 있는 딸이 블로그에 동영상을 올렸다. 아기의 이유식 조리법은 시기마다 조금씩 다르다. 이유식을 시작하면서 중기 이유식 때 싫어했던 채소를 화이트보드에 적어 놓았다. 후기 이유식을 시작하면서 중기 때 거부했던 채소를 맛있게 먹어 성공이라며 전에 적어 두었던 채소를 지운다. 지운 파프리카 위에는 아직 청경채가 남아있다. 동영상 밑에는 청경채 넣은 요리도 맛깔나게 만들어 성공하겠다는 당찬 희망도 적어 놓았다.

화이트보드에 적어 두었던 채소 지우는 장면을 동영상으로 촬영하고, 반복 재생시켰다. 말끔하게 지워지는 모습이 마치 앓던 이가 빠진 것처럼 시원하다. 그 느낌에 동영상을 연거푸 보다 보니 잠시 세뇌되어 불안했던 기억에 쓴웃음이 절로 난다.

어릴 때는 친정어머니로부터 결혼하고는 어머님에게서 들었다. 지나가는 개만 봐도 얘기를 했던 것 같다. 10여 년 전, 강아지 '누리'를 분양받고 집으로 데려왔을 때 어머님의 떨떠름한 표정이라니, 누리가 무지개다리를 건널 때까지 변함이 없었다. 그만큼 어머님 안에 잠재된 의식은 깊고 강했다. "키우던 가축과 애완동물이 집에서 죽으면 좋지 않다."라며 매번 강조했지만, 그 이유에 대한 속 시원한 답변은 없었다. 두 어르신도 부모님에게서 속설로 들은 얘기라 짐작해 볼 뿐이다.

새 보금자리를 마련하고 얼마 되지 않았을 때다. 늦은 퇴근이라 어스름한 시각이었고, 빨래를 걷기 위해 뒤뜰로 나갔다. 어둠이 내린 자리에 뭔가 허연 물체가 보인다. 가까이 다가가 보니 제법 큰 개가 누워 있었고, 이미 죽은 듯하다. 순간 놀람보다는 어머님이 얘기했던 말이 환청으로 들리며 온몸이 쪼그라든다.

안 들은 만 못하다고 들어서 괜히 불안해진다. 우리가 키우던 개도 아니고 왜 하필 우리 집에 와서 죽었냐며 원망을 한다. 죽어 있는 개를 향한 불평이 어느새 걱정으로 다가온다. 집안에 안 좋은 일이 생기면 어떡하지. 가족의 건강에 문제가 생기면 어떡하지. 이래저래 골몰하다 보니 머리가 지끈지끈 아파온다.

어떤 생각을 계속하다 보면 현실이 될 것 같은 착각을 일으키게 된다. 마치 선무당이 사람 잡는 꼴이다. 잡생각임을 알면서도 떨쳐내지 못하는 소심함, 이러다 내가 병이 나겠다. 알게 모르게 세뇌된 생각이 정상적인 사고까지 마비시키는 듯하다. 쓸데없는 생각에 사로잡히니 일에 집중도 안 되고, 몇 날 며칠 괜찮았던 목도 뻐근한 것 같고 몸도 마음도 축 처진 기분이다.

이러다 내가 병이 날 것 같은 생각에 신경이 쓰이는 만큼, 이제는 마음을 순화시키려 애를 쓴다. 아무리 고심을 해도 생각을 전환할 방법이 떠오르지 않는다. 부정적인 생각은 떨쳐 버리려고 하면 할수록 오히려 더 집착하게 되는 것일까. 무슨 일이 일어날 것만 같은 불길한 예감에 불안감만 커진다. 그래도 헛된 생각을 지우는 방법은 분명 있으리라.

어느 순간 '유레카'를 외치며 섬광처럼 스치는 게 있다. 개는 사람보다 일억 배가 넘는 후각 신경을 갖고 있다. 냄새로 암세포를 찾아내 주인을 암에서 구한 개의 실화는 유명하기도 하다. 가슴에 코를 대어 냄새를 맡기도 하고, 멍까지 들 정도로 계속 밀고 넘어뜨려 이상하게 생각한 주인이 검사를 받았더니 작은 종양이 있었다고 한다.

비록 하찮은 동물이지만, 자신의 마지막 자리는 깨끗한

곳이기를 바랐을 거다. 스러져가는 의식을 부여잡고 '끙끙'거리며 이곳저곳 찾아 헤맸을 거다. 그러다 맑고 깨끗한 우리 집을 택했고 그 아이의 마지막 자리가 되었다.

생각을 이리 바꾸니 마음이 그리 편할 수가 없다. 순식간에 지옥에서 천국으로 이동한 듯 마음이 온화해진다. 우리 집은 개의 후각으로 찾아낸 좋은 기운이 흐르는 집터인 거다. 아니 그리 믿어 머릿속에 남아있는 찜찜한 생각을 말끔히 지워버리고 싶었다.

생각을 바꾼다는 것은 마음을 정화함이 아닐까 한다. 어떤 말을 듣고 계속 생각하다 보면 자신도 모르는 사이에 그 생각 안에 갇히게 된다. 알게 모르게 세뇌된 생각이 어느새 자신 안에 깊이 스며들어 고정관념이 되어 버린다. '여자는 분홍색을 남자는 파란색을 좋아한다. 여학생의 교복 상의는 재킷이고 하의는 치마이다. 바느질은 여성이 하는 것이다.' 등처럼 잘못된 선입견이 창조적인 사고를 방해하고 있는 게다.

생각을 전환하면 인생이 변한다고 했다. 길 중에 가장 먼 길이 머리에서 가슴으로 가는 길이라고 하듯, 내 안의 마음 다스리기가 필요하다. 생각을 조금 달리했더니 불안한 마음이 긍정의 사고로 바뀌었고 감성을 치유하는 지름길이 되었다.

딸아이가 화이트보드에 적어 놓은 채소를 지우듯 그때

내 마음도 깨끗이 지워냈다. 탄산수의 '톡' 쏘는 청량감이랄까. 그때의 강박감에서 벗어난 지금, 이 홀가분함이 좋다. 오직 그뿐이다.

맷집

집을 짓기 위해서는 탄탄한 기초공사가 중요하다고 호통이다. 좋은 글도 기본 구성이 단단해야 한다며 쓴소리를 세차게 쏟아낸다. 멘토의 질책을 가슴에 새겨 안으면서도 '그래도 안 되는 걸요, 평정심을 가지시고 격려해 주시면 안 되나요.' 소심한 반항은 입안에서만 맴돌다가 목안으로 쑥 밀어 버린다.

깨진 술잔처럼 날을 세웠던 꾸짖음도 술 한 잔이면 깡그리 잊힌다. 질타의 강도가 약한 건지 맷집이 좋은 건지, 팽팽한 긴장감도 결국은 맷집이 좋은 것으로 마무리한다. 맷집이 늘수록 글쓰기 실력도 나아지면 좋으련만, 호통을 견뎌내는 힘만 두둑해졌다. 대차지 못함도 언제부턴가 굽히지 않고 버티니 웬만한 야단에는 끄떡도 없다. 시쳇말로 간만 커졌다. 그러면서도 배움의 자세를 잃지 않고 한마디라도 놓칠까 봐 귀를 곧추세우는 걸 보면 흥미로운 모순이 아닐 수 없다.

글쓰기 공부는 해도 해도 끝이 없다. 글을 쓰기 시작한 지도 꽤 되었지만, 지금도 컴퓨터 앞에서 몇 시간째 빈 여백만 바라보고 있다. 머릿속은 공허함으로 텅 비었고, 글쓰기에 대한 무기력함만 꽉 차 있다. 적막강산이 따로 없다. 지금까지 어떻게 작품 활동을 한 건지, 이러는데 문학 활동을 하고 있다고 할 수는 있는지, 평정심은 도리어 내가 가져야 하는 것은 아닌지, 진전없는 글쓰기에 창작 활동을 계속해야 하는지, 회의감이 들기도 한다.

나름으로 열심히 작품을 준비하고 내보이지만, 돌아오는 것은 호된 질책뿐이다. 꾸지람에도 이력이 붙는다면 이보다 더 화려할까 싶다. 문법에 맞지 않는 문장을 쓰고 있다며 한 자리, 제목에 주제가 드러났다며 또 한 자리, 작가의 과잉 친절은 수필에서는 금물이라며 떡하니 또 한 자리, 그러면서 강조하는 말이 있다. 생각하는 시간을 가져라, 사색이야말로 작가들에겐 큰 자산이다.

글을 잘 쓰고 싶은 마음은 끝이 없는데, 날카로운 매의 눈은 피해 갈 수 없다. 불필요한 수식어와 조사는 왜 그리 많은지, 친숙한 것에서 벗어나 낯설게 하고는 있는지, 추상적인 관념을 구체화하여 형상화하고는 있는지, 강의를 들을 때는 고개가 절로 끄덕여지지만, 강의실을 나서는 순간 이미 그것은 나의 것이 아니다. 멘토의 지식일 뿐이다.

수업이 심화할수록 글쓰기에 대한 부담감만 커진다. 낯설게 하기, 형상화하기, 자기만의 특별한 생각이나 감정이 얼른 와닿지 않는다. 익숙한 사물을 낯설게 하고 추상적인 견해를 형상화하기가 그리 녹록지 않다. 눈곱만큼이라도 새로운 느낌이 들도록 표현할 수 있다면 그것으로 성공이다.

이제는 엄하게 지적하고 꾸짖어도 굽히지 않고 맞서니, 마치 활시위를 당겼을 때의 팽팽한 긴장감 같다. 밀고 당기는 심리전도 화살을 과녁으로 보내고 나서야 수그러진다. 맷집이 좋아야 오래 버틴다는 말만 믿다가 뒤통수를 맞는 꼴이다. 인정하고 수긍하기가 왜 그리 힘든지, 오늘도 넉넉하게 맷집만 늘린다.

그래도 언젠가는 맷집 덕에 글쓰기 실력이 나아졌다며, 스스로 위로하고 있는 자신을 발견하게 될 것이다. 맷집이 늘수록 마음은 단단해지고, 그 마음의 맷집이 곧 지식이며 지혜가 되기 때문이다.

문우가 그랬다. 문학 활동을 시작하고 첫 합평 시간이었다. 마치 자신이 도마 위의 고등어가 되어 난도질당하는 느낌이었다고 한다. 날을 세워 사정없이 내리치는데 살을 에는 아픔보다 자존심이 몹시 상했단다. 하지만 입을 다문 채 묵묵히 뭇매를 맞는 수밖에 도리가 없었다. 배우고자 하는 의욕이 더 앞서서다.

오기로 버티다가도 자신이 가고자 하는 길을 제대로 가고 있는지, 복잡하고 혼란스러울 때가 많았다고 한다. 지금은 웃으며 말하지만, 그때는 상처가 됐나 보다. 잊을만하면 한 번씩 '툭' 건네며 스러져가는 아픈 기억을 되살린다. 적당한 긴장감은 집중력을 키워준다고 다시금 자신의 글을 돌아보게 된 문우의 글이 일취월장이다.

나 또한 돌이켜 보면 맷집 덕에 글쓰기도 마음도 좀 더 성숙해지지 않았나 싶다. 강단으로 버텨내다가도, 글쓰기 경력이 몇 년인데 고작 이거냐는 호령에는 몸 안의 세포가 다 말라버리는 듯했다. 마치 해풍에 무 싹이 맥없이 시름시름 시들어 가는 것 같다.

이럴 때는 자존심에 글쓰기를 포기할까도 했다. 하지만, 맷집을 통해 나를 이기는 마음의 맷집을 키웠다. 어떤 상황에서도 자신에 대한 믿음으로 맞서 이겨내는 정신력을 키웠다. 당장 듣기엔 거슬려도 좋은 글을 위한 처방전임을 알기에 충고와 질책을 긍정으로 승화시켰다. 자신의 부족함을 인정하고 내 안의 창조적 기운을 일으켜 세웠다. 부족한 자신을 되새김질하며 내 안에 갇혀 있던 두려움을 떨쳐냈다.

때로는 쉬어가며 가끔은 열정으로 꿈을 다시 일으켜 세운다. 글쓰기에 대한 열망만은 저버릴 수 없다며, 책 읽기와 명상하기 등 기본에 충실하겠다는 새로운 다짐도 한다. 글쓰기, 결코 쉽지 않은 창작 활동이기에 작품을 완성하고 마지막 마침표를 찍을 때의 짜릿한 희열은 천하를 얻은 듯했다. 이 또한 맷집에서 나온 정신력은 아닌지.

비로소 강한 자존심보다 유연한 자존심이 더 단단함을 알게 된다. 그리도 두려워했던 날 선 칼날이 오히려 요리의 맛과 모양을 제대로 살려주고, 영양소 파괴를 줄일 수 있다는 것을 깨닫게 한다. 하늬바람에 곡식이 여물어가듯, 맷집 또한 마음의 맷집을 키워주는 디딤돌임을 알기에 오늘도 글감 사냥에 나선다.

아기천사였다

가슴 한편이 먹먹하고 아리다. 마치 고통이 뭉텅이로 가슴을 치고 들어오는 듯하다.

웃는 모습이 손자랑 닮았다. 태어난 시기도 엇비슷하다. 반달 같은 눈웃음이 하회탈 같다 하여 손자에게 '아기 하회탈'이라 별명도 지어 주었다. TV에 비치는 정인이의 해맑은 웃음이 그랬다. 입양 전 사진 속 아이는 보는 이로 하여금 마음을 맑게 하는 마력이 있었다. 저절로 할머니 미소를 짓게 하는 그런 힘이 정인이의 웃음에는 담겨 있었다. 마치 맑고 순수한 영혼을 가진 천사 같다. 그 웃음이 짧았음에 모두가 본인의 책임인 양 공분하고 있는 것이다.

돌 전 아기가 알면 얼마나 안다고 조금만 배고파도 징징거리고 졸려도 울 시기가 아닌가. 자기 기분 여하에 따라 사랑과 구타를 넘나들었다니 온 국민이 노여워할 만도 하다. 그 사랑도 보여주기 위해 위장한 의도적 행위였음에 더더욱 분노하고 있다.

양모는 어린 입양아를 죽음에까지 이르게 했다. 자신의 한 행동에 반성보다는 오히려 형량을 줄이기 위해 급급해 하는 모습을 보며 아동학대 형량을 높여야 한다, 아동학대 치사가 아닌 살인죄를 적용해야 한다며 한목소리를 내고 있다. 이제 와 누구를 탓할까. 학대 의심 신고만 제대로 처리했어도 죽음은 피할 수 있었는데…. 날개 한번 펴지 못하고 떠나야 했던 현실이 슬프기만 하다.

매일 보도되는 정인이의 뉴스에 마음이 울적하다. 울음으로 자신의 고통을 알리고 싶었지만, 기운이 없었다. 위탁모에게 꼭 안기는 것만이 유일한 위로가 되었던 아이였다. 그 침묵 속 아우성을 헤아리지 못했다며 자책하는 위탁모의 말이 슬프다. "아기가 너무도 꼭 안겨 왔는데, 지금와 생각해 보니 그게 살려달라는 신호가 아니었나 싶어요."

요즘 정인이의 사건으로 아동학대가 사회적 주목을 받고 있다. 이미 오래전부터 알게 모르게 자행되었지만, 우리의 무관심이 위기의 아이들을 지키지 못한 건 아닌가 싶다. 무관심이 화를 키운 건 아닌지. 조금만 관심을 기울였다면 정인이의 비극은 막을 수 있었던 건 아닌지. 우리는 지금 지켜주지 못한 미안함에 자책하며 슬퍼하고 있다.

요즘 뉴스 보기가 겁이 난다. 자라 보고 놀란 가슴 솥뚜껑 보고 놀란다고 '아동, 어린이'라는 말만 나와도 가슴이 철렁한다. 방금도 어린이집 교사가 세 살 원아에게 친구들이 먹다 남긴 음식과 물을 억지로 먹였다는 보도다.

이 사건 후 세상에 알려지지는 않았지만, 어른들이 지켜주지 못한 또 다른 정인이가 많을 것이라고 한다. 두름 꿰듯 올라오는 아동학대 뉴스에 이제는 감정도 무디어지는 듯하다. 인터넷을 열어 보니 3개월 된 아기를 친모가 학대해 온몸 이곳저곳이 골절되었다는 기사가 또 우울하게 한다. 아기를 친모와 격리해 아동보호 시설에서 돌보며 치료를 받는데, 어느 정도 건강을 회복하자 담당 의사에게 방긋방긋 웃음을 보냈단다. 티 없이 맑고 순수한 아기가 이전까지는 이런 평온함이 없었다고 생각하니 순간 또 눈시울이 촉촉해 온다.

온 국민이 격분하는 이유 또한 학대 피해 아동이 자신의 목소리를 낼 수 없는 약자라는 점이다. 학대 아동들은 누군가로부터 보호받지도, 그렇다고 자신이 보호할 수 있도록 선택될 수도 없었다. 방어할 능력은 더더욱 없었다. 모든 아이가 행복할 수는 없겠지만, 학대에서 고통받는 아이만은 없었으면 한다. 슬픈 웃음을 짓는 아이들, 더는 정인이와 같은 아픔은 없길 바랄 뿐이다.

정인이 사건 후에 이런저런 법이 제도화되고 있다. 하

지만 아동학대의 초기 조사와 대응 인력 확충을 하면 무엇 할 것이며, 즉각 분리 조치를 하면 무엇 할 것인가. 부모 자격이 먼저가 아닐까 싶다. 야단을 가르치는 것으로 생각하고, 학대를 훈육이라는 이유로 정당화시키려는 부모가 많다는 게 문제이다. 이러다 자녀를 출산하기 전 부모 자격 교육을 먼저 이수해야 하는 건 아닌지 모르겠다.

그들은 16개월의 안타까운 삶을 가슴에 새기며 공원을 찾아 추모하고 있다. "정인아, 미안해, 어른들이 미안해, 지켜주지 못해 미안해."라며 모두가 슬픔을 함께하고 있다. 보호받지 못한 슬픈 영혼이라며 애도하고 있다.

하지만, 정인이는 결코 슬픈 영혼이 아니었다. 자기의 희생으로 앞으로 더는 자신처럼 고통받는 아이가 없길 바랐던 아기천사였다. 누가 누구를 위로할까마는 정인이 사건 이후, 아동학대 신고 접수와 동시에 당국이 수사 착수를 의무화한다는 '정인이 법'이 통과되었기 때문이다. 이게 다 더 소중한 것을 얻고자 했던 정인이의 마음은 아니었을까.

반달 같은 눈으로 생글거리는 눈웃음이 슬퍼 보이는 것은 지켜주지 못한 미안함이려니.

| 4부 |

시대를 앞선 여성

-부춘화-

텃밭 이야기

겨우내 움츠렸던 흙이 새살을 올리기 시작하니 너나없이 분주하다. 봄기운이 무르익기 전 건강한 식탁을 위한 준비가 한창이다. 겨울 밥상을 책임졌던 배추도 뽑아 삶아야 하고 대파도 꽃대를 올리기 전에 다듬어 정리해야 한다. 배추는 데쳐 한 번 먹을 만큼씩 포장해 냉동실에 보관해두면 요긴하게 쓸 수 있다.

삶은 배추는 마늘과 매운 고추를 송송 썰어 된장과 조물조물한 후 국을 끓이면 칼칼하니 입맛을 돋운다. 그렇기도 하지만, 무더운 여름날 더위를 식히기에는 배추 냉국만 한 게 없다. 대파도 요리에 적당하게 썰어 냉동 보관해두면 조리할 때 바로바로 사용할 수 있다. 이렇듯 삼사월이면 봄꽃이 화려한 만큼 한 해를 시작하는 손놀림도 덩달아 바빠진다.

5제곱미터가 되나마나 하다. 작지만 긴요하게 썼던 텃밭이다. 고추, 오이, 호박, 쌈 채소, 대파 등 두 식구를 책임질 만큼은 충분했다. 텃밭 먹거리가 모자람 없이 넉넉함에도 작물을 늘리려 뒤뜰 잔디마당을 갈아엎는다. 그랬더니 면적이 배가 되었다. 이 정도면 텃밭에서 얻는 즐거움도 늘어난 수확만큼이나 크겠다.

텃밭 정리를 마무리한다. 엎은 잔디의 흙을 털어내고 잡초를 뽑아냈더니 번듯한 텃밭이 되었다. 이제는 밑거름하고 어느 정도 시간이 지나 모종을 심어주면 된다. 지인으로부터 얻어 온 자연 건조한 닭똥 거름을 뿌려 삽질로 흙을 고른다. 정리를 마치고 신발에 흙이 묻지 않게 폐벽돌을 깔았더니 자연스레 작물별 구간이 만들어졌다. 이제, 손바닥만 한 텃밭의 완성이다.

텃밭에 욕심을 부리게 된 것은 호박과 가지를 넉넉히 심으려 해서였다. 먹기 좋게 썰어 말려 두면 나물 반찬으로는 그 이상이 없기 때문이다. 햇볕에 말려 저장해두면 겨울 식탁을 건강하고 풍성하게 채울 수 있다. 상상만으로도 언젠가 사찰음식으로 먹었던 호박고지와 말린 가지나물 볶음이 입안에 맴도는 듯하다.

꽃샘추위가 지나자 오일장 모종 가게도 활기가 넘친다. 모종마다 이름표를 달아 손님 맞을 준비로 부산하다. 표시하지 않았으면 서로 비슷비슷해 오이고추인지 매운 고추인지 파프리카인지 구별할 수 없을 뻔했다. 모종 이름표를 보며 종류별로 구분하고 샀는데도 막상 집에 오니 어느 게 오이고추이고 매운 고추인지 분간이 안 된다. 일단 심고 열매가 열려 맛을 보아야 알 것 같다.

작정한다, 앞으로는 사랑으로 키우리라고. 물도 흠뻑 주고 곁 순 제거도 제대로 하겠다. 고추와 가지에는 지지대를 세워주고 곁 순이 날 때마다 따주었더니 제법 꼿꼿이 튼실하게 자란다. 곁 순을 따주지 않았을 때는 사방팔방 가지 순으로 지지대가 소용이 없을 정도였다. 곁 가지가 자라 바람에 찢기기도 하고 무성해 방송에서 보던 고추밭과는 사뭇 달라 '우리 고추는 왜 이러지.' 고개를 갸웃거렸을 뿐이다.

늦게 얻은 상식을 실천하며 물 주기를 게을리하지 않았을 뿐인데, 아니나 다를까 얼마 없어 상추는 따서 쌈으로 먹는다. 다른 텃밭 식물도 튼튼하게 대를 올리며 자라고 있다. 식물도 사람과 교감이 가능한 것일까. 밭에 심은 농작물은 주인의 발걸음 소리를 듣고 자란다는 말이 결코 허튼소리가 아니다. 기특하다. 어느새 열렸는지 덩굴 사이에서 제일 큰 놈으로 따 호박전을 했더니 한 끼 나물로 손색없다.

모종이 자라 꽃을 피우고 열매를 맺기까지 어느 한 부분도 놓치지 않고 지켜봤다. 꽃 진 자리에서 앙증맞은 풋열매를 밀어 올리더니 햇볕과 한몸이 되어 실하게 자란다. 시원한 맛과 진한 향을 담은 오이를 베어 물었다. 상큼

한 오이 향에 여름의 태양을 품어 고통으로 맺은 결실이라 생각하니 마음이 뭉클해진다.

마음에도 여유 공간이 없으면 감동과 울림을 채울 수 없듯이, 텃밭에도 삶의 여백이 있고 나름의 의미를 담고 있다. 시간 여유가 있으면 마음의 여유도 생기는 것일까. 은퇴할 나이가 되면 그들은 직업이라는 굴레에서 벗어나 시간에 자유로워지고 싶어 한다. 나 또한 예외가 아니기에 자신에게 시간을 할애할 수 있는 일을 선택했다. 이래저래 바쁠 때는 텃밭을 들여다볼 겨를도 없었다. 작물에 관한 무지함도 한몫했지만, 고추는 곁 순을 따 줘야 열매가 잘 맺히고 튼실하다는 걸 이제야 알았다.

텃밭 작물이 있으면 요리하다가도 곧바로 필요한 만큼 양념거리를 거둘 수 있다. 대파며 고추 그리고 깻잎과 부추는 빼놓을 수 없는 텃밭 작물이다. 물을 주며 정성을 들였더니 몇 배의 가치가 되어 돌아온다. 샐러드가 생각나는 날 채소를 뜯어다 흐르는 물에 탈탈 털어 청귤청을 얹었더니 끝맛이 긴 여운을 남긴다.

텃밭은 바로 곁에서 늘 신선하고 안전한 먹거리를 얻을 수 있는 장점이 있다. 그곳에는 열매채소 하나하나에도 싱싱함이 살아있다. 공들인 만큼 차고 남음이 있다. 하루는 호박전, 하루는 가지나물 볶음, 하루는 오이무침으로 밥상을 준비한다. 텃밭이 주는 소소한 행복이다.

흙의 기운을 받은 채소로 올 한 해도 건강하게 마무리 할 수 있길 바라본다, 6월의 텃밭에서.

7월의 벚꽃 아래

소임을 다 한 듯 풍성함을 선사한다. 가지가지 뻗어 그늘을 만들었고, 화려했던 시기, 수많은 이들이 화사함을 배경으로 셔터를 눌렀을 터이다. 꽃을 내린 지금은 푸른 그늘이 되어 지나가는 이들의 벗이 되어 주고 있다. 나무 아래에 테이블과 의자를 놓아두었다. 바라보는 건만으로도 무조건 받아줄 것 같아 위안이 된다. 지친 하루를 기대 앉았더니 기다렸던 듯 편안한 휴식을 선물한다.

'벚꽃 아래', 한 그루의 나무 그늘만으로도 충분히 가릴 수 있는 조그만 카페이다. 하이디 앞치마를 두른 그녀는 분홍빛 기억을 오롯이 간직하고 있다. 인테리어 소품마다 벚꽃을 소재로 했다. 벚꽃 시계, 직접 만들었다는 벚꽃 브로치와 수놓은 찻잔 받침이 앙증맞다. 차보다 찻잔 받침에 눈독이 가는 것은 카페 분위기에 정성을 더하니 차 맛 또한 각별할 것 같아서다. 그렇게 우리는 여름의 절정인 7월의 벚꽃 아래에서 특별한 사연을 담는다.

벚꽃을 닮았다. 학창 시절 여리여리하던 모습은 봉우리였던 것일까. 세월을 이긴 미소는 활짝 터트린 벚꽃만큼이나 화사하다. 눈이 마주치자마자 서로는 양팔을 벌렸고, 꼭 안은 침묵에는 그리움이 가득했다. 그동안 어떻게 지냈는지, 요새는 어떤지, 그간의 안부를 가슴으로 나눈다. 말이 필요 없는 공감이다.

꽃이 진 벚꽃 아래에는 그녀의 성품이 고스란히 묻어있다. 서둘지 않고 늘 조곤조곤 얘기했었다. 가늘고 긴 손가락으로 한 땀 한 땀 수놓았을 그녀다. 긴 꽃줄기 끝에 색색이 꽃이 피었고, 화려하지도 그렇다고 밋밋하지도 않은 아름다움이다. 광목 방석, 한 귀퉁이에 두 개를 나란히 그려 놓았다. 한 개는 외로워 보였음이다. 그녀를 닮아 수수하면서도 단아한 분위기가 살아있다.

카페 인테리어 소품 하나하나에도 그녀의 성향이 온전히 전시되어 있다. 그녀가 사용했던 전축이란다. 1980년대 전축에 엘피판을 얹으니 학창 시절 흥얼거렸던 팝송이 흐른다. 전시용 전축은 아니라는 것만 확인하고 이내 엘피판을 내린다. 80년대 젊은 감성을 흔들었던 노래도 지금 이 시각만큼은 소음인 것이다. 문학을 사랑하는 이들과의 책 얘기가 좋고, 학창 시절을 반추하는 수다가 더 좋을 뿐이다.

깊은 수다에 빠졌을 즈음이다. 우연히 내다본 벚나무

그늘에 고양이가 졸고 있다. 아무 생각 없이 눈만 끔뻑끔뻑한다. 누군가 유리문을 '톡톡' 하고 쳤더니, 화들짝 놀란 모습이 영락없이 분필 세례에 흠칫한 표정이다. 뜻하지 않게 추억 하나 건져 올린다.

학창 시절 분필이 '뚝'하고 꺾이는 순간 화살같이 날아왔다. 선생님만의 졸음을 쫓아내는 방법이었다. 그때 교복에 묻은 분필 가루를 털어내던 멋쩍음이란, 차라리 회초리 체벌이었으면 했다. 그 멋쩍음이 고양이의 멋쩍음이랑 닮았다. 미안한 마음에 가벼운 손 인사로 고양이를 위로한다.

낙엽만 굴러도 웃는다는 고교 여학생이다. 80년대의 교복 저고리는 하얀 깃이었다. 흰색이다 보니 매일 바꿔야 했고, 쉽게 번갈아 가며 사용할 수 있게 똑딱이 단추가 채워져 있었다. 시간에 쫓기면서도 때 탄 옷깃을 빨아 수건으로 짜고 밟아 물기만 겨우 빼고 등교하곤 했다. 축축한 목둘레 느낌이 꿉꿉하기도 했지만, 복장 검사에 걸려 질책을 받는 것보다는 호강이었다.

급하게 말리느라 구김이 간 옷깃에 비하면, 그녀의 깃과 저고리 주름은 늘 반들반들 윤이 나게 다림질을 하고 다녔다. 깔끔했던 성격이 카페에서도 오롯이 느낄 수 있다. 자주 쓰는 찻잔과 유리잔인데도 하얀 광목천을 덮어 놓았다. 티스푼과 포크 바구니에도 가지런히 덮여있다. 광목천 덮개에도 작은 벚꽃이 곱게 수놓아 그녀의 품성을 말해 주는 듯하다. 커피를 내리다 떨어진 방울을 습관적으로 훔쳐낸다. 눈보다 하얀 행주이다. 천성이란다.

그래도 할 말을 다 못했음인지, 고교 시절 추억의 편린이 줄을 타고 올라온다. 항아리에 담아 놓은 참깨를 훔치다 어머니에게 걸려 된통 혼난 일, 교통비는 아껴두고 한 시간 이상을 걸어 집으로 갔던 일, 고사리 시기가 되면 여럿이 짝을 이뤄 고사리 채취에 나섰던 일. 이 모두가 용돈이 궁하던 시절 떡볶이와 핫도그가 먹고 싶어서였다.

어느 7월의 '벚꽃 아래'에는 굴러가는 낙엽과 떡볶이, 핫도그 그리고 날아오는 분필의 쉼터가 되었다. 발랄했던 학창 시절은 지났지만, 그곳에는 우리의 추억도 삶도 계절도 그렇게 익어가고 있었다.

여무는 들녘

햇살을 등진 손놀림이 분주하다. 한 뼘의 반경 안에서 가장 튼실한 놈을 세워두고 세력이 약한 것은 과감히 솎아내고 있다. 최고의 농산물을 만들어 내기 위한 과정이다. 솎음질을 잘해야 상품 가치가 있기에 그 작업이 중요할 수밖에 없다. 제 영역인 양 드문드문 비집고 들어와 있는 잡초도 가차 없이 주인의 손아귀에서 제거된다.

가을장마와 세 번의 태풍으로 시기를 놓친 10월 들녘의 모습이다. 예전 이맘때면 당근 솎음질도 끝나고 잠깐의 여유도 있었다. 농촌 생활의 여유라 해야 홍시 몇 알 놓고 이웃과 함께 그동안의 고됨을 다독여 주는 게 고작이다. 유난히 잦은 호우와 태풍으로 그런 호사는 사치가 돼 버렸고, 지금 들녘엔 당근 솎음 작업이 한창이다.

이른 시간인데 어느새 밭 한가운데 앉아 솎음 작업을 하고 있다. 어제 끝내지 못한 작업을 오늘 마무리하는 듯하다. 여느 때와 달리 그네들의 모자는 햇빛 가리는 용도가 아니다. 행여 바람이 들라 얼굴을 목도리로 꽁꽁 싸매 있다. 절기를 실감하는 쌀쌀함이다. 2주 전이 한로寒露였으니 바람이 찰 만도 하다. 나 또한 찬 기운에 옷을 여미고 있다.

얼추 한 달 늦은 당근 솎음 작업이 들녘의 아낙 모습을 바꿔 놓았다. 여름의 끝자락에서 콧등의 땀을 닦아내던 손에는 따뜻한 차가 들려 있고, 옷은 한 겹 두 겹 겹쳐 입었다. 따스한 낮이 되면 덧입었던 옷도 한 겹씩 벗어 내리라.

'때깍때깍' 제철을 맞은 콩 베는 소리가 경쾌하다. 가을하늘을 닮은 맑은소리에 나도 모르게 손가락 음률을 타고 있다. 무딘 낫을 대기만 해도 때깍 소리를 내며 부러진다. 농사짓던 사람은 손을 놓으면 병이 난다며 된장 담을 소일거리란다. 어르신의 한 마지기 놀이터에는 어느새 메주콩 삶는 냄새가 구수하다.

초보 농부가 보기에도 탈곡기로 탈곡하기에는 모아 놓은 콩 단이 빈약하다. "탈곡은 도리깨로 하겠네요." 했더니 도리깨는 무슨 도리깨냐며 내년에 심을 종자나 전할 수 있었으면 좋겠다. 마당에 멍석 깔고 몽둥이로 네댓 번 두드려 털어내면 된다고 한다. 이 나이의 농사는 애들 장난감 갖고 놀 듯 장난하는 거라며 콩 단을 마당에 깔아 놓은 둥근 멍석으로 옮겨 놓는다.

전례 없는 호우와 태풍에 수확이 줄었다며 날씨를 원망하면서도 어르신의 얼굴에는 화색이 돈는다. 그러다 살짝 미간을 찌푸리더니 까치도 늙은이를 나무라는지 손바닥만 한 밭의 콩을 쪼아 먹었다고 야단이다. 억지 주장을 툭 뱉어 놓고는 겸연쩍었을까, 빈 웃음을 웃어 보이는 어르신이다. 그래도 까치가 먹다 남겨 다행이라며 수확의 기쁨을 바쁜 손놀림으로 대신하고 있다.

가을이 익어갈 무렵이면 너나없이 억새밭을 찾게 된다. 물결처럼 일렁이는 억새를 보지 않으면 마치 새봄을 맞지 못할 것 같은 마음에서일까. 봄을 기다리는 마음으로 가까운 용눈이오름을 찾았다. 바람의 노래에 맞춰 '사각사각' 억새 바다가 가을 감성을 일깨운다. 은빛 파도의 출렁임에 어느새 나는 가을을 항해하는 뱃사공이 돼 있다. 일행에게 용눈이오름의 능선과 바람 그리고 방목하고 있는 말에 관해 설명하며 사부작사부작 오름을 안내하고 있다.

자주 탐방하면서도 비자가 익어가는 계절인 줄 몰랐다. 비자림을 방문하고 나서야 비자가 익어가는 계절이구나 한다. 지난밤 누군가 뿌려놓은 듯 비자 열매가 떨어져 있다. 널브러진 열매를 피할 수 없어 밟고 지났더니 겉껍질이 터지며 살짝 자신의 몸을 내보인다. 이러면서 비자가 탈피하는가 보다.

빠른 걸음으로 걷다 어느 순간 와락 달려드는 비자향을 폐부 깊숙이 들이마신다. 피부미용에 좋다니 맘껏 욕심을 냈다. 생각만으로도 현실이 되는 것일까, 피부가 맑고 깨끗해지는 느낌이다. 차로 끓여 마시려 주변에 떨어진 비자를 한 움큼 주워 주머니에 담는다.

계절의 흐름은 어쩔 수 없는가 보다. 억새 물결을 실은 따스한 볕이 때늦은 당근을 붉디붉게 살찌우고, '톡톡 톡톡' 콩 알곡을 털어내는 어르신의 몽둥이 소리가 비자향과 함께 10월의 들녘은 그렇게 여물어가고 있다.

시대를 앞선 여성

-해녀항일운동의 선구자 부춘화-

얼마나 힘들었을까. 그들에게 한겨울 날카로운 추위는 호사였다. '따 다다닥' 이 부딪히는 소리는 아직 살아있음을 알리는 신호였고, 추위에 지친 몸을 위로하는 해산물은 가족의 생계가 걸린 양식이었다. 살을 에는 추위가 물소중이를 뚫고 살을 파고들지만, 그 누구도 불턱의 온기를 부러워하지 않았다. 소라 망사리에는 오라버니의 월사금 독촉장이 걸려 있어서다.

해녀들은 잠수할 때 숨을 참는다. 마지막 숨에서 '호오이, 호오이' 하고 내뱉는데, 휘파람처럼 맑고 아름답다. 그 소리가 바로 숨이 멎기 직전 토해내는 숨비소리다. 생존의 소리인 셈이다. 그녀는 얼마나 많은 숨비소리로 바다를 품었을까. 해녀 항일운동의 선구자 부춘화의 삶을 만나 본다.

부춘화는 1908년 북제주군 구좌면 하도리 출신이다. 15

세부터 해녀 생활을 시작하였고 민족의식이 투철하였다. 그녀는 항일의식을 가졌던 동네 지식인 청년들의 권유로 당시 하도 보통학교 야학당에서 공부했다. 그곳에서 근대교육과 민족교육을 받으며, 일제강점기 시대의 부당함을 인식하고 해녀들의 권익을 지키기 위한 의식을 깨우치게 된다. 일제의 해산물 착취가 심해지자, 이를 저지하기 위해 해녀들을 단결시켜 일제의 수탈정책에 맞서 투쟁하였다.

얼마 후 부춘화는 '제주해녀조합' 산하 구좌해녀조합 대표로 선출되었고, 힘이 없는 조합과 해녀들을 위해 앞장섰다. 제주해녀조합은 1920년 제주도 관내의 해녀들을 보호하고자 만들어진 조직이다. 해녀조합은 해녀들이 채취한 물건을 공동으로 판매하고 중개도 하며 어려울 때 자금도 융통하여 주기 위해 설립되었다. 대부분 해녀는 조합에 가입하였고, 해녀의 권익 보호와 양성을 위해 여러 가지 노력을 기울이기도 하였다. 하지만, 1930년쯤부터는 오히려 해녀들의 권익을 가로막는 기구로 전락한다.

해녀조합이 일본 상인과 일본해조회사와 결탁하여 해녀들이 채취한 해산물을 수탈하기 시작하자, 일본인들의 강제 수탈 행위를 중단할 것을 건의한다. 그래도 시정되지 않자, 구좌면 해녀들이 결집할 것을 호소하며 항일 투쟁을 전개하기 시작하였다. 1931년 12월 20일 일제의 착취에 항의하기 위해 하도리해녀대표 회의에서 김옥련, 부덕량, 고차동, 김계석과 함께 대표로 선출되었으며, 부춘화의 지휘 아래 이들은 해녀들을 결속하여 세화 오일장터 시위에 앞장선다.

부춘화는 1932년 1월 7일 일본인 제주도사(현 제주도지사)가 제주 도내 순시 차 구좌면 세화리를 경유한다는 정보를 입수하고, 해녀 대표들에게 조직적으로 해녀들을 소집하게 한다. 해녀들은 종달리와 하도리에서 모여 머리에 하얀 수건을 두르고 손에는 호미와 빗창을 들고 구호를 외치며 세화 오일장에 도착한다. 해녀 복장을 한 삼백여 명의 해녀가 세화 오일장을 지나가는 제주도사의 행차를 가로막은 것이다. 그들은 해녀의 권익 옹호와 주권 회복을 요구했고 해녀 노래를 합창하며 대대적인 시위를 하였다.

제주도사가 순시를 포기하고 돌아가려 하자 시위를 중단하고 차 앞으로 몰려가 "우리들의 요구에 칼로 대응하면 우리는 죽음으로 대응한다."를 외치며 도사를 에워쌌다. 사태가 심각해지자 도사는 해녀들과 대화에 응하기로 한다. 이에 해녀 측에서는 '지정 판매 반대', '해녀 조합비 면제', '도사의 조합장 겸직 반대', '일본 상인 배척' 등의 항일 성격의 요구 조건을 내걸고 직접 도사와 담판을 벌였다. 결국 제주도사는 해녀들의 시위에 굴복하여 요구

조건을 해결하겠다고 약속한다.

하지만, 다음날 제주도사는 해녀항일운동의 배후를 잡아들일 것을 명했고, 하도리 야학당과 우도의 영명의숙의 청년 교사들을 검거했다. 1월 23일 제주 전 지역에 비상경계령이 발포되고 청년 교사들을 체포하여 호송한다. 그때 일천 오백여 명의 해녀들이 빗창과 돌멩이로 무장하여 호송되던 청년 교사들을 구해 낸다. 배우지 못한 한을 의식 있는 청년 교사를 구하며 일제의 부당에 항의하였다.

제주도사는 이후 무장한 경찰들을 출동시켜 해녀 회원과 수십 명의 청년을 체포한다. 부춘화는 1월 26일 해녀들과 청년들의 검거를 저지하려다 체포되었고, 이후 미결수 신분으로 3개월간 제주도경찰서 유치장에 투옥되어 옥고를 치렀다. 시위운동 주동자로 체포된 부춘화는 목포 유치장으로 구인되어 광주지법 제주지청에서 소요죄로 6개월의 집행유예를 선고받아 미결 기간 6개월 동안 수용되었다.

1932년 7월 석방된 그녀는 일본 경찰의 감시와 미행에 시달리다가, 1933년 일본 오사카시에 살고 있던 사촌 언니 집으로 피신한다. 그곳에서 7년간 가내공업에 종사하며 제일 오사카 여성 교포들을 계몽하는 데 앞장섰다. 광복 후 귀향하여 구좌면 세화리 출신의 고한일과 결혼하여 3남 1녀를 두었으며, 1995년 3월 24일에 사망한다. 독립

운동가 부승림의 여동생이기도 하다.

제주 해녀항일운동은 일제강점기 항일운동 역사에서 중요한 자리를 차지하는 대중운동이며 민족운동이었다. 여성들이 주체가 된 운동이고, 연인원 일만 칠천여 명이 참여한 일제강점기 최대 제주도 항일운동이자 해녀 항쟁이었다.

일제강점기 일본의 수탈정책에 적극적으로 저항한 항일운동으로 평가받아 해녀항일운동의 주역인 부춘화, 김옥련, 부덕량은 2003년 대한민국 정부로부터 독립유공자 서훈을 받는다. 고차동과 김계석은 제주도사 면담에서 해녀 측 대표자 5명으로 선정되어 담판을 벌이기도 했지만, 양형 기록이 없다는 이유로 서훈에서 제외되었다.

제주 해녀항일운동은 일제강점기 일본의 부당한 경제적 차별과 수탈 그리고 억압에 저항한 고발이었고, 조직적이고 체계적인 투쟁이었다. 당시 제주해녀항일운동은 해녀라는 공동체를 넘어 제주도민의 지지와 호응으로 이어져 제주도 항일운동으로 발전하였다.

우리들은 제주도의 가엾은 해녀들 비참한 살림살이 세상이 알아

추운 날 무더운 날 비가 오는 날에도 저 바다 물결 위에 시달리던 몸

아침 일찍 집을 떠나 황혼 되면 돌아와 어린아이 젖먹이며 저녁밥 짓는다

하루 종일 일했으나 번 것은 기막혀 살자 하니 한숨으로 잠 못 이룬다

이른 봄 고향 산천 부모 형제 이별코 온 가족 생명줄을 등에다 지어

파도 세고 무서운 저 바다를 건너서 기장 울산 대마도로 돈벌이 간다

배움 없는 우리 해녀 가는 곳마다 저놈들의 착취기관 설비해 놓고

우리들의 피와 땀을 착취한다 가엾은 우리 해녀 어디로 갈까

제주 해녀항일운동에 참여했을 때 불렀던 해녀 노래다. 이 노래를 통해 가장으로서, 어머니로서의 고단한 삶과 착취를 당하는 설움을 엿볼 수 있다.

대한大寒의 날씨가 잔뜩 날을 세웠다. 칼바람에 옷깃을 여미며 제주항일기념해녀탑을 방문하였다. 얼마 전에 추념식이 열렸던 곳이다. 90년 전 이곳 연두망에는 일 천여 명 해녀의 함성이 우렁찼다. 생계를 위해 부당함을 다투고자 했던 투쟁의 함성이었다. 여성이 주체가 되고 여성을 중심으로 한 항일운동이라는 점에서 여성 운동사에 가

치가 높다 하겠다. 그들의 겪었을 고통에 숙연해진다. 그 선두에 부춘화가 있었다.

가을을 걷다

여름을 떠나보내기가 아쉬웠을까. 입추는 한참 전이었건만, 한낮의 뜨거운 열기는 가실 기미가 보이지 않는다. 힘껏 움켜쥔 더위를 잊으려 월랑봉 둘레길, 바람의 길을 걷고 있다. 삼나무 둘레길과 마주한 새벽 공기가 신선하다. 무더운 여름날 소낙비처럼 오랜만에 느끼는 상쾌함이다.

어디쯤인가에서 서늘한 느낌과 함께 삼나무 숲의 퀴퀴한 냄새가 달려든다. 그런데 그 쿰쿰함이 싫지 않다. 이 시기가 되면 자연의 냄새도 더 진해지는 것일까. 나무 아래 쌓였던 낙엽이 여름의 뜨거운 열기에 자연 발효되니 습하고 퀴퀴하다. 그 퀴퀴함 또한 숲의 건강을 지키는 생명의 근원이라 생각하니 싫지 않다. 이렇게 월랑봉 삼나무 숲길은 가을맞이로 분주하다.

이 지점에 오면 습관적으로 '킁킁'거려 영양분을 한껏

끌어 올린 흙냄새를 맡는다. 식물의 자양분이 되기 때문일까. 공기층을 이루며 수북이 쌓인 흑갈색의 부엽토를 보니 겨울 양식을 준비하듯 마음이 넉넉해진다.

바람의 길을 지난 들녘은 여름의 절정에 파종한 당근과 무 그리고 감자가 한창이다. 당근과 무는 싹을 틔워 뿌리 내릴 준비를 하고, 감자는 알을 맺기 시작한다. 이때가 되면 제주의 들녘은 온통 농작물 자라는 모습으로 야무지다. 더 자라기 전에 당근도 한 뼘 간격으로 솎아 줘야 하고, 무도 튼실한 녀석만 남기고 뽑아 줘야 한다.

밭담 넘어 당근 솎음질을 하는 아낙네의 손놀림이 바쁘다. 하늬바람이 불기 전에 당근과 무 솎음질을 끝내야 한다. 적기에 솎아 줘야 농작물의 생육이 빠르기 때문이다. 9월의 하루는 겨울의 일주일과 맞먹어서이다.

비자 향이 익어가는 숲길을 걷고 있다. 여름의 절정이었던 진 녹음도 이제는 점점 가을빛으로 변해가고, 떠나는 여름이 못내 아쉬운 듯 참매미가 마지막 구애에 열을 올린다. 낙엽수는 제 몸을 떨어내고, 돌담 위 넝쿨 식물이 누런 잎을 움츠린다. 이렇게 가을은 우리 곁에서부터 서서히 무르익어 간다.

조롱조롱 매달린 비자 열매가 수줍은 향을 바람에 실어 보낼 즈음이면, 청 단풍도 느긋하게 가을 맞을 채비를 한다. 서둘지 않고 수수한 빛을 거두며 발갛게 여물어갈 단풍나무를 마음으로 그려봤을 뿐인데, 지난해 곱게 물든 단풍에 환호하던 내가 어느새 눈앞에 와 있다. 그때 핏빛 같던 붉은 유혹에 취해 한참을 종종거리고 있었다.

비자 향을 따라 걸어가는 걸음이 느려질수록 가을은 깊어 가고, 한여름 뜨거운 열기를 식혀 줬던 숨골의 서늘한 냉기도 다음 계절 맞을 준비를 한다. 이제 써늘한 바람이 불기 시작하면 그 숨골도 따뜻한 온기로 우리를 맞이할 것이다.

누군가 돌의자에 낙엽으로 하트 모양을 그려 놓았다. 가을을 맞이하는 나름의 의식이었을까. 정갈한 하트 모양에서 참 마음이 느껴진다. 떨어진 낙엽을 모으고 정성껏 모양을 그려냈을 터이다. 다음 날에도 하트 모양은 여전하다. 바람에 흩어질 수도 있는데, 처음 봤을 때와 별반 다름이 없다. 누군가가 흩어진 모양을 바로잡아 줬을 수도 있겠다. 생각만으로도 상대의 마음을 배려해 준 그 마음 씀씀이가 살뜰하다.

용눈이 오름에는 풀 뜯는 소리가 한가하다. 한가롭게 풀을 뜯고 있는 모습을 보는 것만으로도 마음이 평온해진다. 방목된 말이 스무남은 됨직하다. 푸른 초원 위의 여유로운 풍경이 언젠가 봤던 사진작가의 작품과 닮았다. 단지 내 앞에 펼쳐진 자연은 생명을 품었을 뿐이다.

말은 눕지 않는다는데 그렇지만도 않은 것 같다. 어미 곁에 누워 있는 망아지 모습이 마치 캐릭터 인형을 사달라고 조르는 아이처럼 정겹기만 하다. 어디에도 얽매이지 않은 이 자유로움도 머지않아 찬 바람이 불면 따뜻한 봄을 기약하며, 체취가 남아있는 곳으로 돌아갈 터이다.

눈을 돌리니 파란 하늘과 어우러진 억새가 가을을 맞이하고 있다. 오름 중턱의 은빛이 잔잔한 바다를 이루었다. 가을이면 모름지기 억새의 서걱거리는 소리를 들어야 제격인데, 온화한 날씨가 은빛 물결을 훔쳐버렸다. 서걱거림을 상상하며 더딘 걸음을 걷고 있는데, 탐방로를 에워싼 억새가 어머니의 품처럼 포근하다. 숨어 버린 바람이 주고 간 선물인 게다.

오름 정상은 사방이 이슬로 가득하다. 풀잎에 살포시 내려앉은 아침 이슬이 햇살에 반사되어 오름 전체가 마치 보석을 뿌려놓은 듯하다. 이 영롱함을 카메라에 담아 보려 셔터를 연신 눌러 보지만, 휴대전화로는 어림도 없다. 내가 원하는 이미지가 아니다. 안타깝지만, 그냥 마음에 담아 둘 수밖에….

거센 바람에 쫓기듯 급히 내려오는데 나의 마음을 헤아렸을까. 아침 햇살에 반사된 은빛 억새가 눈부시다. 바람에 출렁이는 억새 물결을 보지 못해 아쉬웠는데, 그에 버금가는 환희이다.

철 지난 바닷길을 걷고 있다. 열정적인 여름을 보낸 바다는 온몸으로 가을의 파란 하늘을 품어 안았다. 한 치의 거스름도 없는 쪽빛이다. 따스한 햇살 아래의 파란 바다가 못내 아쉬웠을까. 때 늦은 바다를 즐기는 이들이 여유롭다. 가족인 듯하다. 엄마와 아빠는 바지를 걷어 올리고 썰물이 그리는 하얀 포말을, 아이들은 모래밭에 마주 보고 앉아 나름의 놀이를 즐기고 있다. 저만치에는 서핑보드를 즐기는 서퍼들이 제철을 만난 듯 활기차다.

좀 더 걸으니 같은 바다이거늘 전혀 다른 느낌이다. 모래사장 대신 해산물의 놀이터이자 서식처인 바당 빌레가 펼쳐진다. 그 바당 밭에는 문어, 낙지, 소라, 성게 그리고 미역과 톳, 우뭇가사리가 자란다. 사리 밀물에 감춰졌던 빌레가 모습을 드러내면 댓 끼 반찬은 거뜬했다고 한다.

추석 무렵이면 문어가 제철이다. 긴 장화를 신고 무릎 높이의 바다에서 문어 잡는 모습을 흔히 볼 수 있다. 한 번쯤은 맨손으로 문어를 잡아봐야 한다며, 추석 쇠러 온 가족들이 바다로 나갔다. 저녁 밥상은 문어숙회라고 다부지게 각오도 한다.

문어는 왜 아무에게나 보이지 않는 것일까. 녀석이 이십여 개의 눈을 피한 건지, 우리의 눈이 문어를 피한 건지,

문어숙회는 물 건너가고 빨랫감만 한 보따리였다. 소금기만 가득한 빈 구덕을 본 어머님이 "갯것거는 머정이 좋아야 허는 거여.(바다의 것은 머정이 좋아야 하는 것이여.)"라고 한다. 우리는 문어 구경도 못 한 멋쩍음을 머정이 없는 것으로 마무리하고 한바탕 웃음을 터뜨렸던 적이 있다.

돌문어 철이다. 문어는 빌레에 숨어 있기도 하지만, 바닷속을 유유히 유영하기도 한다. 순간을 놓치지 않고 그때 재빠르게 손으로 낚아채면 되는데, 실력에는 정답이 없다. 누가 뭐래도 문어를 잡으려면 머정이 없으면 허사인 게다. 이제 늦은 저녁이 되면 머정 좋은 사람들의 헤드랜턴 불빛과 한치잡이 집어등 불빛이 밤바다를 화려하게 수놓으리라.

며칠 동안 가을을 들여다보았다. 가을 무렵의 들녘과 바다는 생명이 자라는 소리가 난다. 생명이 영글어 가는 소리가 난다.

들에는 당근과 무 그리고 감자가 겨울을 날 준비를 하고, 날씨가 추워지기 시작하면 그들 특유의 향과 빛깔, 맛은 더 진해진다. 이렇듯 노지 작물들은 이슬을 먹고 햇살을 받으며 비바람에 맞서 건강하게 익어갈 것이다. 밭담을 따라 느린 걸음을 걷는데, 바람에 실려 온 비자 향이

지친 피로를 정화시켜 주는 듯하다. 자기만족이겠지. 이렇게 비자나무 숲은 저들의 공간을 온몸으로 내어 주며 가을을 맞이하고 있다. 억새가 피면 가을이 오는 것인지, 가을이 오면 억새가 피는 것인지. 청명한 하늘과 어우러진 억새의 향연이 오름에 펼쳐질 때면, 바람에 맡긴 은빛 물결이 가을을 품어 바다를 마중한다. 억새가 맞이한 가을 바다는 뜨거운 태양을 온전히 즐기다가도 계절 앞에서는 어쩔 도리가 없나 보다. 차가워진 바닷물에 제철을 만난 문어가 빨판의 힘을 한껏 돋우니 어느새 가을도 멀리 와 있다.

제주 가을의 들녘과 숲 그리고 오름과 바다는 이렇게 하루가 다르게 여물어간다.

마당이 주는 풍요

창이 작은 집이다. 햇빛을 가리기 위해 늘 커튼이 드리워져 있다. 창밖을 훤히 내다보는 일은 극히 드물었다. 직접 창가로 가기 전에는 마당을 볼 수 없는 조그만 창이었기 때문이다.

새 보금자리를 마련하며 거실 창은 전면 유리로 설계했다. 벽의 저항과 벽을 짊어지고 산 삶에 대한 보상을 받고 싶었을까. 한 치의 망설임도 없이 거실 창은 넓은 창호로 결정한다. 그동안 답답했던 시야에 대한 대가일까. 안방 문을 열면 늘 마주하는 마당이다. 한쪽에 조경석을 세웠고 몇 그루의 나무만 심어 잔디로 채웠다. 꾸미지 않은 소박함이 빚어낸 평온함과 온화함이다. 어느 여름밤 가족과 식사하기 위해 접이식 탁자를 펼쳤더니 꽉 찼던 조그만 마당이다.

몇 년 동안 좁은 공간에서의 생활이 익숙해져서일까. 매일 아침 문만 열면 대하는 마당이 호사롭기만 하다. 틀에 갇히지 않은 자연스러운 마당이다. 마당 한 귀퉁이에 백합을 분양받아 심었는데 꽃을 피웠다. 장마 기간의 꿉꿉함을 환하게 핀 백합이 달래준다. 거실에 선 채 긴 호흡으로 백합 향을 가슴에 담아 본다. 시늉뿐이다. 이런 호강이 익숙하지 않아서다. 딴청을 피우며 애써 눈길을 돌려 보지만, 이미 얼굴은 마당 한편의 백합만큼이나 화사하다. 활짝 핀 백합을 보며 얼핏 백합은 왜 고고하게 느껴질까, 무슨 자신감일까, 이유 없이 백합의 도도함에 주눅이 든다.

다육식물도 분양받아 컵에 심어 놓았다. 쓰지 않는 컵에 구멍을 내 재활용한다. 도기 컵을 깨지 않고 구멍 뚫은 법을 인터넷으로 검색하길 잘했다. 재활용 컵에 다육식물을 심어 한곳에 모아 놓았더니 오종종한 모습이 아기자기하다. 누군가에게 자랑하고 싶어 휴대전화에 담아 놓는다.

뒷마당 한 귀퉁이에 텃밭도 만들었다. 작은 텃밭이라서가 아니라 실제 손바닥만 한 텃밭이다. 1.5제곱미터 정도의 텃밭이니 대충 가늠해도 웃음이 난다. 잔디를 걷어 내고 돌멩이로 마당과 텃밭을 구분 지어 놓았다. 그런데 이 녀석이 제법 요긴하다. 늦봄에 상추와 부추 그리고 오이와 호박 모종을 심었다. 날씨가 따뜻해지니 텃밭에 채소가 한가득하다. 뜯어다 흐르는 물에 씻어 겉절이를 했더니 식탁이 풍요롭다. 여름이라 자고 나면 쑥쑥 자라있다.

하루하루가 싱싱한 밥상이다. 호박은 따서 얇게 썰어 호박고지를 만들었다. 달군 팬에 살짝 볶아 식탁 위에 올려놨더니 새로운 맛이라며 분주하게 젓가락을 옮기는 남편이다.

하귤 묘목도 마당에 심었다. 노란 하귤이 달린 묘목이다. 새로운 터에 적응하기 힘들었는지 몇 개는 떨어지고 하나만 남아 하귤 나무임을 확인해 주고 있다. 귤을 따지 않고 새봄을 맞으니 열매가 달린 채 꽃이 피었다. 그 귤꽃이 작은 열매를 맺더니 지금은 엄마 귤과 아기 귤이 한 나무에 함께 하고 있다. 생각은 자유라고 노란 하귤과 청귤을 보면서 내년에는 삼대도 가능할 수도 있다며 능청스러운 상상을 하고 있다.

이런 소소한 풍경에 마음이 여유로워지니 점점 욕심이 생겨난다. 넓지 않은 마당을 이리저리 훑어보다 이제는 화단 만들 구상을 하고 있다. 여기저기 고민하다 나만의 꽃밭을 꿈꾸며 장소를 정하니 화단 만들 준비가 분주하다. 울타리는 어떤 것으로 할지 종일 인터넷 검색으로 손에 쥐가 날 정도이다. 화단 경계를 어떤 것으로 할까 이래저래 궁리하다 정원용품인 흰색 울타리로 결정한다. 제주의 상징인 돌에 마음도 끌렸지만, 마당에는 조경석이 많아 추운 겨울에는 삭막할 것 같아서이다.

화단을 만들면 계절마다 볼 수 있는 꽃을 심겠다. 꽃이 있는 조그만 꽃밭이면 그만이다. 봄에는 수선화와 튤립을, 여름에는 채송화와 장미를, 가을에는 국화와 코스모스를 볼 수 있는 화단이면 좋겠다. 상상만으로도 마음이 풍요로워진다.

생각이 여기까지 미치자 소박한 꽃밭처럼 화려하지 않고 정갈한 내 안의 글밭을 가꾸고 싶어진다. 민얼굴로도 마트에 갈 수 있는 소탈하고 당당한 그런 글을 쓰고 싶다. 마당 식구처럼 수수하고 향기 있는 그런 글을 쓰고 싶다. 사계절 피울 수 있는 꽃밭을 가꾸듯 누군가와 함께할 수 있는 그런 글을 쓰고 싶다. 아침에 백합의 도도함에 주눅이 든 이유를 이제야 알 것 같다.

뜻밖의 호사

오랜만이다. 바쁘다는 핑계로 손에는 늘 자동차 키가 쥐여 있었다. 키가 제자리에 없으면 허둥지둥 난리가 난다. 누구의 잘잘못을 떠나 한바탕 소란을 피우고 나서야 어디서 불쑥 나타난다. 아직까진 자동차 키를 찾지 못해 걸어서 출근한 적은 없었으니 부산을 떤 효과가 아닌가 싶다.

출근 준비를 위해 부지런히 움직이는 듯하지만, 굼뜬 달팽이마냥 온몸에는 게으름이 묻어있다. 알람 소리를 듣고도 박차고 일어나지 못해 미적거리는 것은 게으름이 아니라 느긋함이라고 우겨 보지만, 결국엔 게으름을 인정하는 꼴이 돼버린다. 이리 걸어서 출근하는 길이 오랜만이라는 말로는 표현할 수 없을 만큼 기억이 아련하다.

출근하기 위해 집을 나서자마자 전선 줄에 앉은 새들의 지저귐이 상쾌하다. 마을 입구를 지키는 팽나무에서도 가로수에서도 청량한 소리가 활기찬 하루의 시작을 알린다. 전선에 앉은 새들을 눈으로 세고 있는데, 꽃 무리가 언뜻 비친다. 그곳으로 눈을 돌리니 담벼락 아래에 꽃을 피운 '흰꽃나도사프란'이 수줍게 자신의 존재를 뽐내고 있다. 지인에게 분양받았는데 제법 영역을 넓히고 있다. 새들의 소리가 있어 흰꽃나도사프란이 있어 출발하는 걸음이 가뿐하다.

하루에 한 번은 오가는 길인데도 출근하는 길이 낯설다. 자동차로 이동할 때는 보지 못했던 모습이다. 집과 가까운 곳에 철제 울타리가 풀과 함께 기울어져 있다. 몇 년 전 경계 표시로 토지주가 설치했다. 주변의 돌담과 어울리지 않은 것 같다고 생각했는데, 몇 년을 견뎌 내지 못하고 쓰러진 울타리 안은 풀만 무성하다. 관리가 안 돼 이곳이 농사를 지었던 밭인가 할 정도이다.

풀이 무성한 조그만 토지와 달리 손바닥만 한 텃밭을 정성껏 정리했다. 화단의 한 귀퉁이를 빌렸으니 관리도 쉬웠을 테다. 잡풀 하나 없이 깨끗하다. 절기가 지났으니 늘 그래 왔던 것처럼 어르신은 올해도 국거리 배추며 양념에 쓸 파를 심을 거다. 어르신들 얘기가 백중 지나고 채소 종자를 뿌리면 벌레도 덜 생기고 겨우내 싱싱한 나물을 먹을 수 있다고 했다. 한참 전에 백중이었으니 이 텃밭에도 머지않아 푸른 채소로 가득 채워지리라.

걸어서 20분 거리는 모든 게 새롭고 신비하기만 하다. 도로 옆 밭에는 계속된 비로 늦은 당근 솎음 작업이 한창이다. 싱그러움으로 꽉 찬 당근밭에 앉은 대여섯 명의 뒷모습이 한 폭의 그림 같다. 이 솎음 작업이 끝나면 하루가 다르게 당근도 붉은빛으로 익어갈 것이다.

계속된 비에 검은 흙이 촉촉이 물을 머금었다. 부지런히 챙긴 이웃의 텃밭에는 제법 파가 자라있고, 벌써 양념으로 썼던 듯 뽑았던 흔적이 있다. 파를 심어 놓은 옆에는 콩잎이 누렇게 시들어가는 중이다. 새를 쫓기 위함일까, 반짝이 줄을 이 담과 저 담 사이를 이어 놓았다. 모든 생물은 진화하기 마련인가, 요즘 새들은 가짜 모형임을 아는지 몇 년 전부터 주위에서 허수아비를 찾아볼 수 없다. 밭담과 밭담 사이를 줄로 연결하고 줄 중간중간 바람에 펄럭일 수 있도록 비닐봉지를 묶어 새를 쫓을 뿐이다. 언제부턴가 허수아비는 기억 속 추억으로만 남게 되었다.

어디에선 비닐멀칭 작업을 했다. 밭의 폭만큼 두 줄로 검정 비닐을 씌웠다. 파종 작물이 궁금하기는 했지만, 면적으로 봐서나 시기로 봐서나 양념으로 쓸 마늘이 아닐까 싶다. 내 짐작이 맞았다. 몇 군데 비닐멀칭 위로 마늘 싹이 빼꼼히 올라와 있는 게 보인다.

마늘을 파종한 주인은 초보 농부인 게 분명하다. 비닐이 바람에 날리지 않게 아이 주먹만 한 돌맹이를 비닐멀칭 중간에 다섯 개만 나란히 놓아두었다. 가지런히 놓여 있는 돌멩이가 의좋은 형제 같아 미소가 절로 난다. 초보 농군은 태풍을 대비한다고 돌멩이를 비닐 위에 올려놓았지만, 어림도 없다. 이번 태풍 세력이 약해 피해가 없었지, 세력이 강한 태풍이었으면 이 정도의 대비로는 턱도 없다. 어느 정도 간격을 두어 삽으로 흙은 얹어 놓아야 하는데, 초보 농부티가 난다. 비닐멀칭 한 줄에 조그만 돌멩이 다섯 개가 고작이니.

걸어서 출근하는 길가의 텃밭들은 거의 다 깔끔히 정리되어 있다. 겨울을 나기 위한 단장이다. 아직 싹이 올라오지는 않았지만, 머지않아 배추, 무, 마늘, 파로 작은 텃밭은 오종종히 빼곡히 채워질 것이다. 어느 어르신이 그랬다, 채소도 벗이 있어야 잘 자란다고. 그 어르신 텃밭에도 조만간 겨울 밥상을 풍성하게 할 채소들이 어우러져 서로 경쟁하고 있지 않을까 싶다.

도착하니 깔끔히 정리된 잔디밭에 아침 햇발이 사방으로 내려 마치 윤슬을 마주 대하는 듯하다. 여름의 끝자락에서 눈이 시릴 정도의 햇살이지만 그리 덥지는 않다. 걸어서 가는 출근길이 그동안 잊고 있었던 아기자기함을 선사한다. 이렇게 늦여름의 아침은 온화했다. 더불어 상쾌한 기운을 받은 맑은 마음은 덤이다. 아직 여름의 기운이 남아있어 비 온 뒤의 주변은 싱그러움으로 넘친다. 이 싱그러운 느낌을 간직하려 했을까, 어느새 눈에는 힘이 잔뜩 들어가 있다. 뜻밖의 호사에 감동하며 자연이 주는 선물에 감사하는 아침이다.

비자나무

오랜만에 비자나무 숲길을 걷는다. 하루라도 숲길을 걷지 않으면, 발에 가시가 돋칠 것 같더니만 무의미하게 몇 개월이 지났다. 이래저래 바쁘다는 이유는 핑계이고 게으른 나의 일상이다.

가을의 시작이지만 비자나무 숲은 여전히 활기가 넘친다. 아직도 여름의 열정을 품은 채 촉촉하게 내려앉아 푸른 숲을 이루고 있다. 돌담을 탄 담쟁이넝쿨이 싱그러운 자태를 뽐내며 운치를 더한다. 탐방로의 귤나무도 한 몫 거들고 있다. 엊그제까지만 해도 귤꽃 향이 은은했던 것 같은데, 어느새 귤이 주먹만 해 있다.

비자나무 숲의 초록은 아직도 절정이고, 어디쯤인가 비자 향이 달려들었다가 사라진다. 향을 채 즐기기도 전이다. 아쉬움에 비자 향을 다시 맡으려 씩씩하게 뒷걸음을 한다. 옆에서 걷던 남편이 "제식훈련 하는 것도 아니고…."

하며 말끝을 얼버무린다.

남편의 말에 고교 시절 제식훈련 때 '헤쳐 모여'가 연상되며 웃음이 인다. 우리가 다니던 시절에는 '교련'이라는 과목이 있었다. 교련 시간에는 얼룩무늬 교련복을 입고 목이 터져라. 학도호국단가를 부르며 제식훈련을 받았다. 교련 검열이라는 행사를 대비한 훈련이다. 제식훈련 받을 때 횡대와 종대의 대열 맞춤은 생명이었다. 눈치껏 칼같이 맞추지 않으면 인정사정없다, 맷집으로 대응할 수밖에.

당시 교련 선생님의 회초리 지참은 기본이었고, 제식훈련 때 꺾이며 날아간 몽둥이는 헤아릴 수 없을 만큼 숱했다. 날아다니는 몽둥이에 주눅이 들어 목이 터져라. 외친 "충성, 우로 봐." 함성은 바람의 전설 '불림발 터전'을 능가할 정도였다.

교련 시간은 기합이라는 등식이 성립할 정도로 훈련의 반은 기합이었던 것 같다. 훈련을 받다 보면 사시가 되겠다며 투덜대던 친구도 끝내는 하릴없이 곁눈질로 횡대와 종대의 대열을 맞춘다. 기합에서 벗어나려면 선생님의 명령에 따라야만 했다.

지금 같으면 상상도 못 하는 체벌이지만, 그때만 해도 스승의 그림자도 밟지 않던 시절이었다. 살갗이 터질 정도의 매 자국은 무언의 반항일까. 혹독한 교육에도 훈련이 나아지기는커녕 맷집만 키웠을 뿐이다. 얼차려를 받던

훈련생 거의 절반이 같은 학생이었다.

지금은 웃으며 추억하지만, 그때는 지겨운 시간이었다. 뙤약볕에서 몇 시간째 훈련을 받다 보면 쓰러져 들것에 실려 가는 학생도 더러 있었다. 들것에 실려 가는 학생이 부러워 누군가는 자신의 건강함을 불평하기도 한다. 훈련이 힘들 때면 잔꾀를 부릴 만도 한데 그런 학생은 없었다. 꾀병이 탄로 나는 날 무시무시한 체벌을 감당하기가 더 두려웠음이다.

비자나무 숲을 나오며 비자 몇 알을 주워 입에 넣는다. '딱' 소리 나게 깨물었더니 입안에 비자 향이 가득하다. 떫은맛이 이 사이사이에 달라붙지만, 어릴 적 추억을 되살리며 비자 맛을 제대로 곱씹는다. 인동꽃을 따 먹던 시절, 비자는 고급 간식이었으니 말이다.

숲길 입구에 서 있는 아름드리 비자나무를 바라본다. 늠름하다. 어림짐작으로도 몇백 년은 됨직하다. 하늘을 찌를 듯이 높이 자란 비자나무의 기상을 세계로 펼치라는 뜻이었을까. 모교 마당의 비자나무도 '힘찬 기상, 곧은 마음, 굳센 의지'을 상징하며, 세화고등학교 67년의 역사를 꿰차고 당당하게 서 있다.

영등할망 신화공원을 다녀오다

옛 포구가 주는 편안함이 있다. 어디에 걸터앉아도 바다가 보인다. 어느 시인이 그랬다, 바다가 많이 들어오는 방은 숙박비도 비싸다고. 허락 없는 거래에 바다에 미안하다고 했다. 하지만, 제주 신화가 시작되는 제주시 한림읍 귀덕1리 포구에서는 바다 풍경이 공짜다. 허락이 없어도 돈을 더 얹어주지 않아도 보는 자가 임자다. 그렇다고 밋밋한 바다만 있는 것은 아니다. 제주 영등할망 신화공원이 바로 이곳에 있다. 그 묵직한 이야기와 함께 귀덕에는 또 어떤 이야깃거리가 있는지 '바람난장'과 함께한다.

'바람의 신 영등할망'을 맞이하기 전 고요함일까. 귀덕1리 복덕개 포구는 근래 보기 드문 날씨로 평온하다. 바다를 배경으로 한 공연이라 바람이 불면 어쩌나 했는데 웬걸, 멋진 난장을 위해 날씨를 허락받았다. 야외 행사는 날씨가 한몫한다. 자연과 함께 조화를 이룰 때 최고의 공연이 되는 것은 물론이다. 햇살이 구름에 가려 잠깐잠깐 쉬어가 아쉽기는 했지만, 마치 태풍 전야의 고요함 같다. 어느 순간 고요가 영등할망을 맞이하기 위해 바람을 일으키니 행사가 시작된다.

'바다의 넋 모셔 오기'가 식전 행사로 관객과 함께한다. '둥둥둥' 영혼에 다가가기 위한 북의 외침에 천지가 열린다. 하얀 포말을 일으키며 바다가 열리니 망망대해를 떠돌던 슬픈 넋이 몸을 일으킨다. 맞잡은 옥빛 천으로 바닷길을 열어 넋을 모신다. 잔잔한 바람에 맡긴 바닷빛 천과 바다 위의 주황색 꽃등 테왁 그리고 하늘을 즐기는 갈매기 떼가 어우러져 한 폭의 그림을 자아낸다.

행사의 첫 순서로 영등할망 모시기 '바람의 신 영등할망' 공연이다. 징검다리 건너듯 사뿐한 걸음으로 애기구덕을 안고 등장하니 자연스레 '웡이자랑' 제주 토속자장가로 들머리 짓는다.

제주에서 아기는 할망 자손이라 했다. 바람의 신 영등할망도 갓난아기 앞에서는 더없이 인자한가 보다. 웡이자랑 자장가가 서서히 사그라드는가 싶더니 순간, 사뿐사뿐 날렵하면서도 부드럽게 휘도는 춤사위가 바람을 품었다. 양팔 벌려 고운 물결로 곡선을 그리니 그 춤가락이 봄을 깨운다. 그렇게 봄은 희망이며 생명이었다. 영등할망이 뿌리고 간 씨앗은 미래의 희망인 새 생명으로, 씨앗을 품은 대지는 어머니로 승화시킨 점이 인상적이다.

시 낭송가가 행사 주제에 맞는 시를 선정해 낭송한다. 맛깔스럽게 시의 느낌을 살린 낭송에 어느 대목에서는 감성으로, 어느 대목에서는 웃음으로 화답한다. 시인의 말처럼 영등굿은 바람이 아닌 사랑을 달래는 일이었다.

팬플루트와 에어로폰 연주가의 연주 또한 관객을 매료시킨다. 팬플루트의 맑고 청아함과 에어로폰의 순간순간 강한 음 빛깔에 너도나도 힘을 실어 주니, 담벼락에 모도록이 자리한 금잔옥대가 향을 한 잔 한 잔 '툭툭' 건네 보낸다.

귀덕1리 복덕개 포구는 영등할망이 몰고 온 바람의 길 따라 예술의 길이 흐른다. 물질 나갔던 해녀가 한둘 뭍으로 올라오고, 자유를 향한 갈매기의 날갯짓을 카메라에 담는 관객의 모습 또한 여유롭다. 이 모두가 정형화되지 않은 예술의 한 부문이기에 가던 길 멈춘 올레꾼도 함께할 수 있는 건 아닌지.

예술이 흐르는 길 바람난장이 아니었으면 생각해 보지도 못했을 곳이다. 행사가 끝나고 우리는 제주 영등할망 신화공원을 걸으며 분위기를 읽는다. 영등신맞이 환영제의 무대인 듯하다. 영등할망 왼쪽에는 영등대왕이, 오른쪽에는 영등하르방 석상이 세워졌다. 넓은 마음으로 모두를 포용할 것 같은 인자한 모습이다.

영등석상이 세워진 신화공원 돌담길을 걷는데, 현대식 거북등대와 제주의 옛 등대인 도대불이 한 프레임 안에 잡혔다. 독특한 모습에 거북등대까지 가보자는 말에 따라 나서다 섬인 것을 알고 돌아선다. 거북등대가 세워진 곳은 거북이 형태를 닮았단다. 공원길을 따라 석상이 세워졌는데, 표지석에 새겨진 해설을 읽으며 걷노라니 마치 바다가 이야기를 전해주는 듯 신화가 생생하게 살아 움직인다.

신화는 바닷일을 하며 살아가는 사람들에게는 믿음이었다. 더불어 그들에게 바다는 생명의 근원이었다. 그러다 보니 자연스레 바람에 관심을 두게 되었고, 영등할망은 그들에겐 수호신이었다. 지금도 영등달이면 해산물의 풍작과 풍어, 바다의 평온을 기원하며 영등굿을 한다.

영등굿은 제주 해녀 문화와도 깊은 관련이 있다. 저승에서 벌어 이승에서 쓴다는 말이 있을 정도로 물질은 위험하고도 고된 일이다. 힘겨운 작업에도 해녀에게 바다는 삶의 터전이기에 숨비소리가 그치지 않는 한 영등굿은 계속될 것이다.

돌아서는 길, 영등할망이 바다 같은 마음을 품고 모든 것을 헤아려 주는가. 바람이 스쳐 간 자리가 고요하다.

| 5부 |

다랑쉬의 매력을 되찾았으면

윤동주를 그리다

농업인과 선글라스

되가져오기로 버려진 양심 찾기

따뜻한 감동

레몬차를 만들다

다랑쉬의 매력을 되찾았으면

작은 관심에서부터

재건학교를 아시나요

재래시장이 변해야 한다

고급 쓰레기는

윤동주를 그리다

이름도 언어도 꿈도 빼앗긴 어둠의 시대, 일본이 우리의 역사와 문화를 없애려 할 때 그는 끝까지 우리말로 시를 썼다. 고문으로부터 생명의 위협을 느낀 문학인들이 친일 작품을 쓸 때도 그는 자기를 성찰하며 괴로워했다. 시도 자기 생각을 펼치기에는 부족하지 않다며 진정 시를 사랑했던, 영화의 한 장면은 지금도 짜릿한 전율로 남아 있다.

여행 계획을 세우다 우연히 윤동주를 만난다. 여행을 제대로 즐기려면 여행 관련 정보를 얻는 게 좋다고 내친김에 윤동주에 관한 책을 대출하였다. 혼란스러운 시대에 강제징집을 피해 일본 유학길에 오르면서 비극은 예견되었다. 암울했던 시대의 삶에 대한 고뇌와 부끄러움이라는 말을 입에 달고 살았던 청년 윤동주. 비록 스물아홉의 짧은 생을 살았지만, 자기 뜻을 굽히지 않으며 강인한 의지를 표현하는 저항 시인으로, 때로는 부드러운 서정을 지닌 서정시인으로 기억되고 있다.

별이 창창한 밤이면 생각나는 시인이다. 여차했으면 영원히 묻혀버릴 수 있었는데, 그의 시를 살려내고 그의 이름을 세상에 알렸다. 정병욱과 강처중이다. 시를 품어 오늘의 윤동주를 있게 한 이들이다. 이렇듯 별 헤는 밤이면 우리 곁에는 늘 윤동주가 있었다.

정병욱은 연희전문학교 후배이며 마음을 주고받는 글벗이었다. 윤동주가 졸업쯤 자필 원고를 정병욱에게 넘겼고, 정병욱은 징집으로 끌려가기 전에 어머니에게 원고를 부탁한다. 만약 자신이 돌아오지 못하면 원고를 연희전문학교로 보내 줄 것을 당부도 한다. 그렇게 어머니는 마루 밑 쌀독에 원고를 숨겨 지켜냈고, 강제징용에서 살아 돌아온 정병욱은 '하늘과 별과 바람과 시'라는 제목으로 유고 시집을 출판해 윤동주를 세상에 알렸다.

강처중 또한 연희전문학교 동기이다. 경향신문 기자였던 그는 일본 유학 중에 윤동주가 보낸 시 다섯 편 중에 '쉽게 쓰여진 시'를 정지용의 소개 글과 함께 신문에 실었다. 그때 정지용이 쓴 윤동주 소개 글 중에 '평생 시 한번 발표해 보지도 못하고 무시무시한 외로움 속에 죽었구나.'라고 한 발문跋文이 가슴 저리게 다가온다. 윤동주의 시집은 이렇게 그를 아끼던 사람들에 의해 세상에 나왔다.

참을 수 없는 시대의 아픔을 윤동주는 칼날 같은 펜으로 일본에 저항했다. 비록 총을 들고 일본에 맞서지는 못했지만, 절망적인 순간에도 우리글로 시를 쓰며 시대의 비극을 아파했다. 몸을 내던진 것 이상의 강한 펜으로 독립운동을 한 것이다.

윤동주의 삶과 문학의 마지막 장을 덮으며 '몇 개월만 더 버텼으면 그럼, 독립이었는데….' 먹먹한 마음에 가만히 눈을 감는다. 그래도 조금만 더 견뎌줬다면 하는 안타까운 마음뿐이다. 부끄러움이라는 말을 늘 입에 달고 살았던 윤동주, 그가 진정으로 부끄러워야 할 대상은 그 시대 친일 문학인들이 아니라, 끝까지 살아남아서 더 많은 시를 남기지 못한 자신이 아닐는지.

'죽는 날까지 하늘을 우러러/ 한 점 부끄럼 없기를/ 잎새에 이는 바람에도/ 나는 괴로워했다' 영화의 한 장면, 주인공의 내레이션이 진한 울림으로 다가오는 삼일절 아침이다.

농업인과 선글라스

농부로서의 삶이 언젠들 한가할까마는 여름이 시작되면 파종 준비로 분주하기만 하다. 제초 작업도 해야 하고 무너진 밭담도 정리하고 물고랑도 점검해야 한다. 백지장도 맞들면 낫다고 소소한 작업도 늘 남편과 함께하며 영농에 종사하고 있다.

그날도 파종 준비를 위해 한낮의 뜨거운 햇빛을 피하며 농사용 차를 타고 밭으로 이동하였다. 강한 햇살에 눈이 저절로 감겨온다. 최근 들어 눈부심이 심해졌다. 눈의 노화가 진행되는 시기이기도 하지만, 컴퓨터, 휴대전화, 조명 등 주변 환경이 한몫하지 않았나 싶다. 눈 영양제도 꾸준히 복용하고 있지만, 한 시간 이상 책 읽고 컴퓨터 작업하기가 힘들 정도다.

농사용 차에 올랐더니 남편이 쓰려고 놓아둔 선글라스가 있다. 별다른 생각 없이 써 보았는데 그 편안함이란, 마치 딴 세상을 만난 듯하다. 햇살에 반사된 주변의 시야가 부드러워지면서 눈부심이 확연히 덜하다. 자외선 차단을 위해 선글라스 착용은 기본이라는 것을 알면서도 남의 시선을 의식하지 않을 수 없었다. 짬짬이 농사일을 도우면서 선글라스 착용은 괜스레 한량처럼 보이는 것 같아서다.

눈은 빛에 민감하여 장시간 자외선에 노출되는 것만으로도 백내장의 원인이 된다. 주위에서도 백내장 수술을 하고 선글라스를 쓴 어르신들을 종종 보게 된다. 이분들 또한 오랜 야외 활동으로 각막에 화상을 입은 것이다. 나이 들어가면서 눈의 기능이 떨어지는 것은 어쩔 수 없다지만, 충분한 관리와 예방으로 평생 좋은 시력을 유지할 수 있다면 최고의 건강관리가 아닐까 한다.

지인이 그랬다. 날씨와 상관없이 잠깐의 마실 정도도 늘 선글라스를 착용했더니 시력이 믿기지 않을 정도로 좋아졌단다. '설마'하는 의아심을 도려내듯 멀리 있는 간판의 작은 글을 읽어 보이며 우리를 놀라게 한다. 이유는 분명하지 않지만, 선글라스 착용이 도움 되지 않았나 싶다.

선글라스 하면 멋 내기용으로만 생각할 때가 있었다, 여행의 필수품이자 패션의 완성이라며. 그러다 보니 바쁘게 살아가는 이들의 눈에는 하는 일 없이 빈둥거리는 사람으로 보일 수도 있다. 나 또한 그런 시선에서 자유롭지 못하고 눈 건강을 소홀히 해 왔기 때문이다.

선글라스가 강한 자외선으로부터 백내장과 황반변성에서 조금이나마 안전할 수 있다면 더는 폼을 잡기 위한 한량들의 전유물이 아니라는 것은 분명하다. 눈의 피로를 풀어주기 위해 따뜻한 물수건으로 마사지하는 것 이상으로 선글라스 착용은 우리의 눈 건강을 지켜주는 좋은 생활 습관일 뿐이다.

선글라스에 대한 문화적 편견에서 오는 그릇된 사고방식이 개인의 선택을 방해하고 있다면 지극히 편향적인 생각이 아닐 수 없다. 야외 활동 시 선글라스 착용은 필수이다. 자외선이 강한 낮 동안 뜨거운 햇살을 피할 수 없다면, 이제는 UV 차단 기능이 있는 용품으로 눈을 보호해야 할 것이다.

풍요로운 수확을 꿈꾸며 뜨거운 태양 아래서 농촌을 지키고 있는 농업인들, 건강한 먹거리를 위해 지금도 파종 준비에 여념이 없다. 늘 하는 일상이지만, 농업인의 건강한 삶을 위해 선글라스 착용은 선택이 아닌 필수가 되어야 하지 않을까 한다.

되가져오기로 버려진 양심 찾기

왜 꽃을 피우지 않을까 궁금했던 적이 있다. 꽃으로 아름다움을 뽐내지는 않지만, 맛으로는 어떤 나물과도 비교할 수 없는 최고의 봄나물이 아닐까.

고사리는 여린 순을 동그랗게 말아 올렸을 때 채취해야 최고의 상품이 된다. 우리나라 전역에 자생하는 산나물이지만, 오염된 토양에서는 잘 자라지 않는다고 하니 제주가 청정지역인 것은 분명하다. 제주 고사리라고 하면 누구든 으뜸으로 생각하고 귀하게 여기니 말이다.

사오월이 되면 너나없이 산과 들을 찾는다. 따스한 볕과 싱그러움이 가득한 들녘은 기분 전환하기에는 더없이 좋은 계절이다. 덤으로 고사리가 한창이지 않은가.

남편을 꼬드겨 봄나들이 겸 들을 찾아 나섰다. 늦은 오후 시간이라 고사리 찾는 사람들은 많지 않았지만, 차가 세워져 있는 곳에 무작정 주차하고 곶자왈 안으로 들어간다. 차가 주차해 있다는 것은 누군가 고사리를 꺾고 있음이고, 그곳은 고사리 자왈을 뜻함이다.

자왈 속으로 들어가 고사리를 찾아 나서기도 전에 나를 반기는 것이 있다. 빈 생수병이다. 꽤 오래된 듯 라벨이 벗겨진 채 누군가의 발에 밟혀 뭉개져 있다. 조금 더 걸으니 요기하려고 준비했던 듯, 빵 포장지가 덤불 아래 있다. 문득 시선을 돌리니 간식을 담았던 비닐봉지가 덤불에 걸려 바람에 나풀대고 있다.

이쯤 되니 고사리 채취는 뒷전이고 잠시 생각을 가다듬게 된다. 생각을 정리하는데 맞은편에서 빛에 반사된 무언가 보인다. 다가가 보니 커피를 마시고 버린 알루미늄 캔이다. 허탈하다. 한때는 빈속을 달래줄 주전부리기에 소중히 간직했을 터이다. 허기를 채운 후 곳곳에 버려진 흔적들, 누구의 양심일까.

환경의 소중함을 알면서도 환경보호에 대한 사회적 공감대는 여전히 미미하다. 나만 편하면 된다는 이기적인 사고를 이대로 묵인해 버린다면, 미래 세대는 어떤 환경에서 자라게 될까. 생각만으로도 마음이 서늘해진다. 우리는 깨끗한 환경에서 살 권리와 건강한 환경을 후세에 물려줄 의무가 있다. 미래의 후손들이 아름다운 자연에서 꿈을 키울 수 있도록 깨끗한 환경을 물려주는 것 또한, 우리의 몫이고 책임이 아닌가 한다.

바야흐로 생명이 움트는 신록의 계절이지만, 보이지 않는 곳곳에는 쓰레기의 비명으로 얼룩져 있다. 이 시기가 되면 들녘은 고사리 채취로 인산인해를 이루고, 사람들만큼이나 자왈에는 쓰레기로 몸살을 앓고 있다.

어려운 일도 아닌데 실천은 왜 낯설기만 한 걸까. 환경을 위한 작은 실천인 쓰레기 되가져오기로 우리의 미래를 지켰으면 한다. 지금 우리가 살아갈 동안은 환경문제 때문에 입을 피해는 그다지 크지 않을 수 있다. 다가오는 미래 세대가 걱정일 뿐이지.

소소함이 주는 가치는 무한하다. 지역 주민봉사대에서 고사리 자왈 부근으로 정화 활동을 다녀왔다. 누군가 그런다, 간에 기별도 안 가는 일이라고. 그래도 '시작이 반이라고 언젠가는….' 말끝을 흐리며 희망을 품어 본다. 지극히 당연한 일인데도 당연하게 받아들이지 않는 현실이 어설프지만 '쓰레기 되가져오기' 실천으로 우리의 버려진 양심을 되찾았으면 한다.

따뜻한 감동

살아가면서 한두 번쯤은 마음을 따뜻하게 하는 경험을 해 본 적이 있을 것이다.

두 돌이 채 안 된 손자를 돌보다 유모차에 넣어 두었던 손가방을 잃어버렸다. 천방지축 언제 어디로 튈지 모르는 시기라 아이 뒤를 바짝 쫓다 보니 가방이 떨어지는 줄을 몰랐다. 막상 잃어버리고 나니 섭섭하고 아쉽다. 임시 들고 다녔던 가방이라 중요한 것은 없다지만, 마실 갈 때 늘 함께 했었다.

집에 돌아오고 나서야 손가방이 없어진 걸 알았다. 뭔가 모를 허전함에 기억을 더듬으며 가방을 추적한다. 마트 갈 때 들고 다녔던 가방이라 현금은 많지 않았을 것 같고, 농산물 상품권이 좀 있을 것 같다.

흔히들 말한다, 지갑은 내 손을 떠나면 남의 것이라고. 아쉽기는 하지만 어쩔 수 없다고 생각하여 미련을 버린다. 그러다가도 '그래도 한 번….' 말끝을 흐리며 한 번이라는 말에 실낱같은 희망을 품어 본다. 1%의 확률에 믿음을 가지고 싶었다.

행여나 하는 마음에 산책했던 장소를 둘러보지만, 찾고 있던 가방은 없다. 그때 그곳에 아빠와 아들이 휴일을 즐기고 있었다. 혹시나 하는 마음에 그들에게 잃어버린 손가방 얘기를 했더니 가방이 떨어져 있던 곳 바로 옆 벤치에 올려놓았단다. 휴일에는 이용하는 사람이 거반 없어 분명 누군가 찾으러 올 것이라고 믿었다는 것이다. 순간 마음이 따뜻해지며 나도 누군가에게 선행을 베풀어야겠다는 생각이 가방보다 먼저 가슴에 와닿는다.

집에 돌아와 가방을 열어 봤더니 상품권이 꽤 들어 있다. 가방 안에 있던 상품권에 대한 미련은 남았지만, 이미 잃어버린 것에 연연하고 싶지 않아 포기하려 했었다. 이분이 만약 습득물을 유실물로 접수해 버렸다면 내가 과연 유실물센터를 찾아 확인했을까 싶다. 가방 안에는 신분을 확인할 수 있는 게 없었고, 잃어버린 현금이 주인을 찾는 일은 거의 드물기 때문이다.

사례는 부득불 사양하여 아이에게 과잣값 정도만 쥐여주고 돌아왔다. 정작 가방을 찾고 나니 몇 년 만에 길에서 우연히 만난 친구처럼 반갑다. 찾고 나서야 소중함을 알겠다. '현금인데 누가 주인을 찾아주겠어.' 하는 나만의 일

방적인 생각이 하마터면 선행을 베푼 이를 외면하는 일이 될 뻔했다.

이 일이 있기 며칠 전에도 키우던 반려견이 가출하였다. 울타리 문이 열린 것을 확인하고 찾아 나섰는데 감동이다. 누군가 강아지를 나무 기둥에 묶어 놓았고, 그 옆에는 물과 사료도 놓여있다. 부러 집으로 가 강아지 줄이랑 물 그리고 밥을 가져왔을 터이다. 고마운 마음을 담아 강아지 밥그릇에 감사의 쪽지를 남긴다.

선행이 선행을 낳는다고 한다. 최근 두 번의 감동에 선행 릴레이에 대해 생각해 본다. 누군가로부터 선행을 받은 자는 그에 대한 보답으로 다른 누군가에게 선행을 베풀고, 또 그 선행을 받은 자는 다시 누군가에게 선행 베풀기를 이어 간다면 우리가 원하는 훈훈한 사회가 되지 않을까 싶다. 선행 나눔이야말로 어떤 것으로도 계산할 수 없는 최고의 가치이기 때문이다. 작지만 큰 선행 릴레이가 아름다운 세상을 만들어 가는 마중물이 되었으면 좋겠다.

레몬차를 만들다

심각하다. 코로나19 앞에 결코 안전한 곳은 없었다. 초 · 중 · 고등학교가 원격수업으로 전환되고 어린이집도 임시 휴원 명령이 내려졌다. 이러다 사회적 거리두기가 격상되면 어쩌나 하는 마음에 머리 손질하러 미용실로 갔다. 미용실에는 방역수칙을 지키며 최소한의 말만 하고 있다. 그와 달리 언제 저랬나 싶게 TV의 광고 방송이 어색하기만 하다. 마스크 착용 의무화 시대에 아무런 조치도 없이 상품 홍보를 위해 노래하며 춤추는데, 마치 비말 입자들이 공기 중에 마구 떠다니는 것만 같다. 반농담조로 "요즘 시대엔 광고도 방역수칙을 준수해야 하는 거 아냐?" 했더니 누군가 "그러게요." 한다. 그만큼 우리는 마스크 생활에 익숙해져 있다는 뜻이다.

며칠 전, 맛만 보라며 지인이 직접 재배한 과일들을 선물했다. 키위랑 귤 레몬이 정성스레 담겨 있다. 농장주의

털털한 성격만큼이나 과일 맛이 야무지다. 과수를 관리하며 일일이 말을 걸었을 터이다. "사랑한다, 튼실하게 자라줘 고맙다." 농장주의 애정을 듬뿍 받으며 자란 키위와 귤은 한달음에 먹었는데 레몬이 문제다.

레몬은 사들이거나 요리에 응용해 본 적이 없어 이러지도 저러지도 못하고 있었다. 이러다 썩히는 건 아닐까, 조급해진다. 필요한 정보가 있을 땐 인터넷 통신망이 제격이라며 검색에 들어간다. 검색창에 레몬을 입력하자 '레몬차 만들기'가 바로 뜬다. 망설임 없이 레몬차로 결정하고 요리법 검색에 들어갔다. 재료 준비도 간단하고 만드는 데도 어려움이 없을 것 같다.

레몬청은 껍질째 담아야 하므로 세척을 중요시했다. 베이킹소다와 식초 물을 이용해 씻어준 다음 끓는 물에 살짝 소독하는 게 새롭다. 이 정도로 처리하면 레몬에 남아 있는 농약 찌꺼기와 불순물이 말끔히 제거되겠다. 레몬 세척 과정을 거치는데 내 마음이 다 정화되는 듯 상쾌하다.

뜨거운 물에 소독할 때 은은하게 번지는 레몬 향이 잠시나마 코로나를 잊고 산뜻하게 기분을 전환해 준다. 레몬을 얇게 저밀 때는 온 집안이 상큼한 향으로 가득하다. 마스크 없이 오롯이 그 향을 즐기고 있다. 어떤 명품 향수가 이만할까 싶다. 레몬 향을 느끼는 것만으로도 내 몸의

면역력이 쑥쑥 올라가는 것 같다.

올해는 유난히 힘들고 지친 한 해였다. 코로나 시대의 마스크 착용이 일상화되면서 그에 따른 피부 발진과 불편한 호흡은 호사였다. 하루에도 몇 번씩 안전 안내 문자 알림에 가슴을 쓸어내릴 때가 한두 번이 아니었다. 확진자가 급등하며 코로나19 확산세가 심상치 않다. 장소와 상관없이 마스크 착용은 필수가 되었고, 그러다 보니 목소리로 상대를 어림짐작할 때도 적잖다.

바이러스 예방에는 면역력을 증진하는 게 무엇보다도 중요하다고 한다. 코로나19도 예외는 아니다. 레몬청을 만들며 한 해의 마무리와 시작을 레몬차 한잔하며 건강을 챙기고 싶었다. 더불어 코로나19로부터 조금이나마 안전하지 않을까 하는 믿음도 있었다. 일과를 마치고 레몬차를 마시며 몸과 마음을 정리한다. 좋은 에너지가 바이러스를 밀어내는 느낌은 나만의 생각일까, 따뜻한 레몬차 한잔의 여유가 주는 건강한 행복이다.

다랑쉬의 매력을 되찾았으면

꽤 된 듯하다. 높기도 하지만 가파르다 보니 오르지 않게 되었다. 그래도 구좌의 자랑이라며, 구좌에 오면 기를 받고 가야 한다며 안내를 자청했다. 언젠가 가슴 벅찼던 정상에서의 풍광을 그리며 위풍당당하게 출발한다. 한 걸음 한 걸음 내딛는데 뭔가 모를 갑갑함에 가슴이 먹먹하다. 이 엉킨 답답함을 무엇으로 풀까, 큰 숨으로 맑은 공기부터 폐부 깊숙이 들이마신다.

오랜만에 다랑쉬 정상에서 성산일출봉과 마주한다. 해발 380여 미터 높이에서 바라본 일출봉은 어느 시인의 술잔에 채워진 채 고독을 즐기고 있다. 온몸으로 고독을 덕지덕지 바르고 그리움을 노래하고 있다. 시인의 고독과 그리움을 잠시 정상에 걸쳐 놓고 분화구 둘레를 돌기 시작했다.

세월의 흐름일까. 분화구 둘레가 터널을 이뤘다. 주변을 가린 소나무가 좁은 오솔길을 만들었다. 십여 년 훨씬 이전이었을 것 같다. 다랑쉬를 탐방하며 사방의 자연을 품에 안았었다. 동쪽으로 성산일출봉을, 남쪽으로는 오름 군락을, 서쪽으로는 비자림을 그리고 북쪽의 드넓은 평야는 망망대해였다.

조금 전 탐방로를 오르며 느꼈던 답답함을 이제 알 듯하다. 이건 아닌데 가슴이 먹먹하다. 그때만 해도 다랑쉬 분화구는 남동쪽 몇십 미터 빼고는 소나무 숲이 없었다. 눈이 시리도록 파란 하늘을 머리에 이고 여유롭게 분화구 둘레를 돌고 또 돌았었다. 분화구를 탐방하며 주변의 경치를 즐기는 것은 오름 중에 으뜸이었으니까.

그런데 지금, 남쪽은 몇십 미터 빼고 모두 소나무 숲을 이루고 있지 않은가. 그나마 서쪽이 덜한데, 이곳 또한 머지않아 터널을 이룰 만큼 작은 소나무가 한창 군집을 이루고 있다.

1970년대 이전 다랑쉬 오름에는 나무가 없었다고 한다. 어려웠던 시절 땔감으로 베어내기도 했지만, 산림녹화 운동으로 심으면서 지금의 오름 모습이 되었다는 것이다. 그때 심은 소나무의 솔방울이 떨어져 싹을 틔우고 또 틔우니 얼마 안 가 오름 전체가 소나무 군락을 이룰 것 같아 안타깝기만 하다.

분화구 둘레의 시야를 가리는 소나무를 다른 곳으로 옮겨 주면 좋겠지만, 그러기엔 오름 훼손이 더 문제가 된다. 차선책으로 전망을 가리지 않는 선에서 웃자라지 않게 전정 작업으로 조망을 되찾는 것도 한 방법이 아닐까 한다. 그러면서 서쪽의 삼십 센티미터 미만의 소나무도 더 자라기 전에 다른 데로 옮겼으면 하는 바람이다.

다랑쉬의 매력은 정상에서 사방의 수려한 경치를 즐길 수 있다는 데 있다. 이러다 조만간 다랑쉬 정상의 경관은 기억으로만 간직하게 될 것 같다. 새천년 들머리인 2000년에 일출을 맞이했던 북동쪽은 그때 그 사람 수만큼이나 이제는 소나무가 빽빽이 들어서 있다.

탁 트인 전망을 즐기기 위해 우리는 오른다. 다랑쉬 탐방로 또한 예외는 아니다. 어느 지점에서든 오르다 잠시 뒤 돌아서면 일출봉이, 우도가, 지미봉이 늘 우리를 쫓고 있었다. 한시도 게으름을 피우지 않는 부지런함이다. 조금만 더 오르면 정상이라고 격려도 잊지 않는다. 그때를 추억으로 묻어버리기엔, 구좌의 자랑, 오름의 백미였기에 아쉽다.

다랑쉬 본디 모습을 되찾고 싶다.

작은 관심에서부터

"아이들이 뛰노는 모습이 재미있는 것 같네요." 어르신이 무릎을 곧추세우고 보행로 한쪽에 앉아 있다. 보행로 바닥에 앉아 있었지만, 우리는 어르신이 학교 운동장의 아이들을 보며 시간을 보내고 있다고 생각한다. 어르신들은 걷다가 적당한 곳이 없으면 맨바닥에 앉아 쉬는 경우를 가끔 봐 왔기 때문이다.

지인이랑 지역 행정복지센터에 주차하고 나오는 길에 마주한 일이다. 한 30분 정도 일을 보고 돌아오는데 아직도 어르신이 그 자리에 그 자세로 앉아 있다. 여기에 잠시 쉴 수 있는 의자를 설치했으면 좋았을 걸 하는데, 지인은 그게 아니다. 얼른 어르신에게 다가가 어떻게 여기 앉아 있는지, 언제부터 여기에 앉아 있었는지 이것저것 물어보며 어르신 상태를 확인한다.

새마을지도자는 뭐가 달라도 다르다. 사소한 것 하나도

놓치지 않고 세심히 살피는 모습이 역시 지도자답다. 남은 일정이 있어 어르신을 모셔다드릴 형편이 안 되자, 지인은 얼른 지역 파출소에 전화해 순찰차 지원을 요청한다. 잠시 뒤에 순찰차가 도착했고 어르신을 무사히 귀가할 수 있도록 함께 협조한다.

어르신은 인근 마을에 거주하고 업무를 보기 위해 행정복지센터를 방문했다가 돌아가는 길이었다. 택시를 이용해 귀가하려 보행로에 앉아 손짓으로 신호를 보냈지만, 쉽지 않았다고 한다. 오전에 택시 타고 여기로 왔다고 하니 최소 5시간은 이런 자세로 앉아 있었다는 게다. 지금은 건물로 그늘이 생겼지만, 그사이 해도 지나가고 점심때가 지나 곯은 배를 달래며 불안한 마음도 있었을 것이다. 그 생각을 하니 마음이 짠해 온다.

두 달 전 묻지 마 폭행으로 무고한 시민이 사망하는 사고가 있었다. 피를 흘리며 쓰러진 피해자를 보고도 행인들은 외면했다. 보도된 기사를 보면 그 시간에 길을 지나간 사람들이 적지 않았다는 것이 충격이 아닐 수 없다. 사고 직후 피해자를 발견하고 바로 신고만 했어도 죽음만은 면할 수 있지 않았을까 조심스레 헤아려 볼 뿐이다. 무관심이 부른 비극이었다.

역지사지로 상대를 헤아리는 지인의 행동에 감동한다. 어르신이 도움의 뜻을 비치자 순찰차를 기다리는 동안 불편한 곳은 없는지, 점심 식사는 하셨는지, 가족과 통화는 가능한지 대화하며 어르신을 안심시킨다. 지인의 관심에 마음이 편해졌는지 물어보는 대로 거리낌 없이 대답하는 어르신이다. 다행이다. 누군가 주의를 두지 않고 무심히 지나쳤다면 불상사로 이어질 수도 있는 일이었다.

다음에도 이런 일이 있으면 지나가는 사람들에게 도움을 요청하라고 신신당부한다. 만약 지인이 눈길을 주지 않았으면 어땠을까 싶으니 갑자기 심장이 쪼그라지는 듯하다, 점심도 걸러 몹시 허기졌을 텐데.

개인주의로 이웃에 관한 관심이 점점 사라지고 있는 요즘이다. 우리의 작은 관심과 배려가 주변에서 어려움을 겪고 있는 이웃들에게 희망을 심어 줄 수 있고, 문제 해결을 위해 필요한 서비스 지원을 연결해 줄 수도 있다. 그날 지인의 처신을 보며 관심과 직접 실천하는 것이야말로 가장 가치 있는 삶임을 깨닫게 한다.

취약 계층에 대한 배려, 작은 관심에서부터다.

재건학교를 아시나요?

하도초등학교 100년사를 출판하면서 편집위원으로 참여하였다. 동문은 아니지만, 하도에 살고 있고 남편이 하도초등학교 출신이라 자연스럽게 동참하게 되었다.

동문의 추억담을 읽으며 하도초등학교 100년의 역사를 들여다본다. 학교와 먼 동네 아이들은 한곳에 모여 6학년 선배의 구령에 따라 줄을 지어 등교하였다고 한다. 기고자가 그린 추억 속 등굣길을 엿보며, 책보를 허리춤에 차고 호기심 가득 신입생들의 짓궂은 모습이 눈에 보이듯 스쳐 지나간다.

추억담을 읽으며 '그때는 그랬구나, 우리 때는 이랬지, 이때는 이랬네.'라며 그들의 쏟아내는 이야기 속으로 빠져든다. 세대와 세대를 잇는 회상에 때론 숙연하기도, 때론 그 시절로 돌아간 듯 한바탕 웃음으로 추억을 반추하기도 했다.

그중에 '재건학교'에 대한 기고가 인상 깊게 다가왔다. 추억담을 읽으며 재건학교에 대해 좀 더 알고 싶어 검색해 보지만, 원하는 자료는 없다. 아마 정규 학력으로 인정되지도 않았고 형편이 나아지면서 정규 학교에 진학하는 학생이 많아 흐지부지되지 않았나 짐작해 볼 뿐이다.

재건 국민운동은 1961년 6월 국민의 재건의식을 높이기 위해 벌였던 관 주도적 범국민운동이었다. 복지국가를 이룩하기 위해 전 국민이 민주주의 이념 아래 협동 단결하고 자조 자립정신으로 향토를 개발하여 새로운 생활체계를 확립하자는 취지의 운동이었다고 한다.

재건학교 추억담에 의하면, 재건 국민운동과 새마을운동이 활발히 전개될 때이다. 가정 형편 때문에 중학교에 진학하지 못하는 아이들을 위해 초등학교에 야간학교가 개설되었고, 2년 과정으로 영어, 한문, 상업부기를 포함해 중학 과정을 공부했다. 낮에는 부모님을 도와 집안일을 하고 저녁이면 하루도 거르지 않고 재건학교로 등교한다. 수업은 저녁 8시부터 12시까지였다. 낮에 집안일 하느라 피곤했지만, 새로운 것을 배워 가는 기쁨에 비가 오나 눈이 오나 칠흑 같은 어둠도 두렵지 않았다고 한다.

하도 재건학교 수료 사진 속 여학생은 단발머리에 핀을 꽂았고, 교복은 둥근 칼라에 끝부분을 하얀색으로 바이어스 처리했다. 남학생은 까까머리에 70년대 교복이다.

사진 보관 상태가 깨끗하다. 결혼하며 친정에서 시댁으로 다시 분가하며 몇 차례 옮겨 다녔을 텐데, 엊그제 인화한 듯 선명하다. 행여 훼손되지나 않을까 소중히 보관했을 사진과 평생 은인이라며 한 분 한 분 써 내려간 선생님의 이름에 마음이 뭉클하다.

글을 읽으며 배우고자 했던 간절한 마음이 느껴진다. 재건학교 수료생 누군가에게는 의미 있는 추억이고 마음이기에 하도초등학교 동문의 이야기 한 부분을 소개한다.

재건학교 시절은 내 생애 가장 뜻깊고 소중한 시간이었다. 내면 깊은 곳의 열등감도 자신감으로 변해갔다. 재건학교를 졸업하고 나서는 집안의 가난도 원망스럽지 않았다. 또래들의 교복도 부럽지 않았으며 모든 일에 자신감이 생겼다. 알파벳을 몰라서 60여 년을 가슴앓이했을 답답함을 씻어 준 학교이기에 가슴속에 소중히 간직하며 살아왔다. 그 때문에 하도 재건학교는 나의 중학교이다.

-하도초등학교 40회 부길자 추억담 중에서-

재래시장이 변해야 한다

현금 없는 불안보다 휴대전화 배터리 잔량에 더 집착하는 세상이다. 휴대전화에 등록된 카드 사용이 보편화되면서 언젠가부터 현금에 연연하지 않게 되었다. 그러다 보니 실물 카드는 발급받기 위한 절차일 뿐 크게 의미를 두지 않는다.

지역사랑상품권이 있어 사용도 하고 구경도 할 겸 오일장을 찾았다. 소상공인을 보호하기 위해 발행하고 있는 지역 화폐는 현금처럼 통용된다. 오일장에서 물건을 구매해 지역 화폐로 지급하고, 부족한 금액을 결제하려 카드를 건네니 카드는 안 된다며 현금을 요구한다. 현금이 없다고 했더니 계좌이체 시켜달라며 계좌 적은 종이를 내민다. 자주 사용하는 듯 깔끔하게 코팅되었다. 이체시키고 현금영수증을 요구하니 이 또한 거절하며 어느새 다른 손님을 맞고 있다.

돌아오는 길, 마음이 썩 좋지 않다. 손에는 물건이 한 꾸러미지만, 왠지 도둑맞은 기분이다. 물건을 구매했는데 카드도, 현금영수증도 거절당했다면 이를 어떻게 해석해야 하는 건지. 이러니 재래시장이 젊은 층으로부터 외면당하는 것은 아닐까.

정찰제 도입도 그렇다. 친구가 그랬다. "나는 상가 매장이나 시장에 가면 바가지 쓸 얼굴이라 백화점 옷만 입는다." 백화점 옷하고는 어울리지 않는다며 한바탕 웃었던 적이 있다. 사서 미심쩍어질 바에는 차라리 정찰가격으로 좋은 옷을 입겠다는 게다. 삼십 년 전 부르는 게 값일 때의 이야기지만, 지금도 정찰제에 대해서는 믿음이 가지 않는다. 얼마 전 십이만 원짜리 옷을 현금 결제 조건으로 칠만 오천 원에 샀으니 말이다. 자영업자가 부가세 신고 시 매출 누락으로 이어질 것을 알면서도 통 큰 할인에 은근슬쩍 계좌 이체를 하게 된다.

그래도 지자체에서는 소상공인을 살리고 재래시장 활성화를 도모하기 위해 대형할인점 영업시간 제한을 두어 자영업자 매출 확대에 힘쓰고 있다. 하지만, 얼마만큼의 성과를 얻고 있는지는 모르겠다. 요즘 젊은 층은 대형할인점 영업 규제와 상관없이 재래시장을 이용할 생각이 없다고 털어놓는다. 어쨌든 모두를 수용하고 공략할 수 있는 시스템으로 바뀌지 않는 이상 재래시장의 매출을 기대하는 것은 어렵지 않을까 싶다.

현금 없는 사회가 눈앞이다. 지금 이삼십 대는 거의 현금을 가지고 다니지 않는다고 한다. 기기 사용에 익숙한 세대이다 보니 모바일 결제 서비스를 선택하기 때문이다. 모바일 결제는 언제 어디서나 쉽게 이용할 수 있어 사용에 능숙한 세대들에게는 편리한 거다.

소상공인은 무슨 특권인지 모르겠다. 영세사업자를 돕자는 취지의 지역사랑상품권으로 특혜를 받고 있음에도 불구하고, 카드 거절과 현금영수증 미발행은 여전하니 말이다. 이는 매출을 축소하여 세금을 피하겠다는 태도로밖에는 보이지 않는다, 내가 보기에는.

재래시장 카드 결제 거부가 소비자의 불만으로 이어지는 만큼 상인회의 적절한 대처가 필요하겠다. 물론 고객의 편의를 위한 여러 가지 활성화 방안이 제시되고 있겠지만, 카드 사용과 현금영수증 발행 그리고 가격정찰제는 정착되어야 한다.

고급 쓰레기는

소규모 야외 행사에 다녀왔다. 코로나19 방역수칙에 따라 식당 이용에 어려움이 있어 도시락을 준비하였다. 도시락 안에는 김밥과 빵 그리고 음료, 후식으로 과일이 용기에 담겨 있다. 나름의 정성이 보이고 한끼 식사 대용으로는 충분하겠다.

돌아오는 길에 일행이 말한 김밥 한 줄의 가격이 놀랍다. 이 브랜드에는 식사 한끼 가격의 김밥도 있단다. 나름대로 재료에 차별화를 두었겠지만, 그래도 누군가에게는 망설여지는 가격이다. 시간에 쫓겨 간단히 끼니를 해결하려는 이들에게는 부담이 되겠다.

김밥을 포장한 도시락을 보니 한 번 사용하고 버려질 텐데 꽤 고급화되었다. 굳이 그래야 할까 싶은데 도시락 안쪽에는 얇은 비닐로 코팅도 했다. 그러다 보니 사용 후 분리배출도 문제이다. 종이류가 아닌 일반 쓰레기로 처리해야 한다. 그도 그렇겠지만, 이 일회용 도시락 또한 김밥 원가에 포함되었을 것이다. 그러니 '김밥 가격이 깡패다.' 라는 말이 나올 법도 하다.

오래전이다. 접시 세트를 선물로 받았다. 수입 제품이라 기대하며 포장을 뜯었는데 실망이다. 재생 종이를 이용한 듯 포장 상자가 누렇다. 하찮아 보이는 포장에 혹시 배송 중 깨지지나 않았을까 조심스레 열어보니 안에는 종이 기둥을 세워 안전하다. 제품 파손에 문제는 없었지만, 기대 이하의 포장에 "뭐 이런…." 하며 상자째 수납장에 넣어뒀다.

얼마 전 집안 정리하다 수납장에 보관했던 접시를 발견하고, 재생 종이를 이용해 제품 원가도 줄이고 환경도 생각한 친환경 포장이 아니었을까 생각하게 된다. 짧은 생각에 좋은 상품은 포장도 고급스러워야 한다고 고집했던 게 부끄럽기만 하다.

고가의 상품 포장, 우리나라 기업이었으면 어땠을까. 품격을 운운하며 화려하고 고급재질의 포장 상자로 치장하지는 않았을까. 명절을 앞두고 마트마다 전시된 선물 세트만 봐도 알 수 있다. 견고한 상자도 모자라 양면 보자기 매듭으로 포장을 마무리했다. 과연 이 상자와 보자기를 재활용하는 사람은 몇이나 될까. 새로운 제품으로 탄생시킬 손재주가 없는 이들에게는 그저 고급 쓰레기에 불과할 뿐이다.

불필요한 과대포장을 금지하며 과태료를 부과하는 지자체도 있었지만, 그 또한 제도에 불과했을 뿐 사회적 동참은 미미했다. 명절 지나고 나면 클린하우스마다 산더미처럼 쌓인 포장용 쓰레기를 보면 그렇다. 마음과 정성을 운운한 선물이 상품의 원가를 높이고 환경오염의 주범이 되고 있어 안타깝기만 하다.

김밥 한 줄이 소중한 사람들이 있다. 그들에게 김밥은 소박하지만, 행복한 밥상이기 때문이다. 특별한 반찬 없이도 한 끼 식사로 밥을 챙겨 먹을 수 있어서이다. 든든한 식사를 위해 고급 일회용 포장 용기보다 그들은 한 줄의 김밥을 더 원한다. 그런 이들에게 고급 포장 용기를 원가에 포함한 가격은 부담이다.

일회용품의 고급화가 제품 가격을 높이면서 환경까지 외면하고 있다. 거품을 뺀 김밥 가격, 식품 전용 종이를 이용한 친환경 도시락으로 원가도 줄이고 환경도 생각하는 포장이 되었으면 한다. 고급 선물 포장보다 실속 있는 선물 포장이 소비자들의 선택기준이 되길 바라며.

작품 해설

김길웅

언어에 겸손하니, 그 글의 결이 곱다

— 수필집《어머니의 장도리》를 통해 본 고여생의 작품 세계

김길웅(수필가 · 문학평론가)

하나_

고여생 수필가와는 인연이 각별하다. 동향이고 중학교 동문 후배다. 내가 직장 때문에 고향을 등지고 살았기로 더는 인연이 깊어지지 않더니, 어쩌다 시절 인연인지 잠시 수필로 만나게 됐다. 몇몇 또래들과 함께 수필을 공부하는 자리가 마련됐다. 고여생 작가에게도 기회가 돼 문학의 길에 들어서게 됐으리라. 쓰고 온 작품 수정을 중심으로 시작해 외연을 넓히면서 중앙문단으로 추천하기에 이르렀으니, 그냥 연이 아니었다. 그 후, 내 추천으로 이뤄진 고여생의 등단이 2008년의 일이니, 그새 시간이 꽤 지났다. 덧없고 속절없는 게 시간인가 한다.

등단하면서 소통이 뜸하더니, 2018년, 첫 수필집《탯줄의 연》의 작품 해설을 의뢰해 와 오랜만에 그의 작품과 해후하게 됐다. 이후, 간간이 신문에 올리는 그의 칼럼에

관심하며 작금에 이르렀다.

이번 두 번째 수필집《어머니의 장도리》의 작품을 대하며 놀란 것이 그의 수필이 크게 달라졌다는 사실이다. 어딘가 머리에 수필을 이고 가며 흔들리던 연전의 그 걸음걸이가 아니다. 꼿꼿이 몸을 세워 나아가는 걸음이 힘있고 운율을 타 사뭇 경쾌하다.

그의 글이 태깔을 바꾸고 있었다. 유효 적절히 언어가 긴장됐으면서도 척 가라앉은 호흡, 선명한 주제와 탄탄한 구성, 문리에 어긋나지 않는 정연한 문장 질서, 서사에 서정의 옷을 입히려는 절충문학적 접근 시도 그리고, 혼을 불어넣은 에스프리, 거기다 불길 같은 열정이 자신의 수필을 높은 층위에 올려놓으리라는 믿음을 갖게 한다. 등단 이후 15년, 그가 견뎌 온 혹독히 가열한 시간을 작품에서 목도했던 것이다. 내공을 쌓느라 땀에 흠뻑 젖었겠다. 고여생을 아끼는 선배로서 큰 박수를 보낸다.

둘_

1. 일렁여 오는 감동

소중했던 추억은 오래 기억되는 것일까. 사정상 차를 두고 가야만 했을 때이다. 낯선 곳에 혼자 두고 온 미안함에 다음날 어스름한 시간에 발을 동동거리며 새벽길을 나서기도 했다. 밤새 눈을 오롯이 덮어쓴 안쓰러움에 얼른 온풍으로 찬 기운을 어루만져 주기도 했다. 출국 며칠 앞두고 신분증을 찾아 허둥대다가 우연히 운전석 옆에 떨어져 있던 주민등록증이 든 카드지갑을 발견한 곳도 아반떼였다. 신분증을 찾았을 때의 환희감이란, 아직도 그때의 기억을 잊을 수 없다. 69너7867 아반떼를 보내며.

—〈자동차를 보내며〉 중에서

일상 속에서 한시도 떼어 놓지 못하는 게 자동차다. 먼 길 가까운 길, 익숙한 곳 낯선 곳 가리지 않고 몸을 의탁하는 게 자동차다, 엎어지면 코 닿을 지척의 거리, 장 보러 가면서도 타는 게 자동차다. 시대가 달라졌다. 너나없이 현대인에게 자동차는 생필품을 넘어 몸을 목적지까지 끌고 다니는 수족에 다름 아니다. 오죽했으면 자동차를 애마라 할까. 기억력이 감퇴했다 해도 지워지지 않고 선명히 기억 속에 남아 있는 게 오래전 탔던 차량의 번호다.

고여생은 정이 들 대로 든 자동차를 보내며, 차량 번호를 잊을 수 없다고 실토하고 있다. 확인이라도 하듯이 자동차 이름과 함께 "69너7867 아반떼"라 번호를 명확히 되뇌고 있지 않은가.

작은 감동이 쭈뼛 돌기처럼 일어서더니, 너울로 일렁이며 울림으로 온다.

이렇듯 보자기는 일상에서의 소중한 생활 도구였다. 보관하고 운반하는 용도 외에도 혼례 때 예물함을 싸기도 하고 밥상을 덮는 밥상보가 되기도 하였다. 언젠가 한복 치마폭이 거추장스러웠던 어머니는 얼른 보자기로 허리춤을 묶기도 하였다.

어머니에게 보자기는 꿈이고 희망이었을지도 모른다. (중략) 하루하루 삶의 조각들을 기워 조각보에 담기도 하고 한 땀 한 땀 이으며 고달픈 삶을 달래기도 하였으리라. 손바늘의 여정만큼이나 어머니의 삶은 고비마다 지난하였고, 혼자 떠안아야 할 삶의 무게가 느껴질 무렵 어렵게 집을 장만하였다.(중략)

우리의 삶도 이삿짐을 싸듯 보자기로 감싸 안으며 살아가는 것은 아닐까 싶다. 모나면 모난 대로 둥글면 둥근 대로 모두를 품어 안으며 편견 없이 서로를 끌어안아 주고 힘이 되어 주고 사랑으로 보듬어 안으며. 그래서 기쁨과 슬픔을 조각보처럼 이으며 살아가는, 그 안에 꿈과 희망을 담으며 삶을 완성해 가는 것은 아닌지.

— 〈보자기〉 중에서

혹여 이를 여성적 소재라고 대수롭지 여길지 모르나, 그렇지 않다. 고여생은 '보자기'라는 극히 일상적인 생활 도구에서 존재론적 의의와 가치를 발견하였다. 깨달음, 수필 속에서 자득自得의 눈이 반짝였던 것이다. "어머니에게 보자기는 꿈이고 희망"이라 한 것에 주목해야 한다. 자신의 감정을 다른 사물에 빗대 비유라 하지만, 깔끔한 비유의 언어는 얼마나 우리를 가슴 설레게 하는가. 한낱 소소한 세간에 불과한 보자기가 날개를 달아 '꿈, 희망'으로 추상화하더니, 기어이 은유의 옷을 입혀 그 개념을 극대화하였다.

보자기는 이미 단순한 보자기가 아니라, 말 그대로 어머니의 '꿈, 희망'으로 변용變容되었다. 그만큼 고여생은 수필에서 언어 선택에 고심한다. 그래서 그가 선택한 언어는 잔잔한 감동으로 승화해 일렁여 온다.

2. 읽고 난 뒤의 긴 여운

선생님의 격려의 말 한마디에 나는 글쓰기와 인연이 되었고, 아직도 손에서 글을 놓지 못하고 있다. 글쓰기가 좋아서라기보다는 한 작품을 탈고했을 때의 성취감 때문인지도 모르겠다. 작품에 마지막 마침표를 '탁' 찍었을 때의 희열감은 작가에게는 최고의 선물인 게다.(중략)

말은 잘 쓰면 약이 되지만, 잘못 쓰면 독이 된다는 말이 있다. 아무 생각 없이 내뱉은 말 때문에 입방아에 올라 곤욕을 치르기도 하고, 경제적 정신적으로 손해를 보는 일도 적지 않다.(중략) 가슴 따뜻해지는 말과 힘을 북돋아 주는 말은 창조의 힘을 가진다고 한다. 나 또한 선생님의 한마디에 희망을 품었고, 새로운 도전에 용기를 얻었다. 어떠한 상황에서도 글쓰기에 게으르지 않았으며, 등단과 작품집 출간이라는 꿈도 이루었다.

프로이트는 말했다. "말은 마술이고 마음의 문을 열게 하는 말 한마디가 기적을 만든다."고.(중략) 문득 탈옥수가 했던 말이 가슴을 헤집는다. "초등학교 때 선생님이 '너 착한 놈이다'라며 머리 한 번 쓰다듬어 줬다면 지금의 나는 없었을 것이다."

— 〈마법의 말〉 중에서

마법이란 불가사의한 일을 일어나게 하는 원천적 힘을 말한다. 화자는 학창 시절, 선생님의 격려의 말 한마디에 작가가 됐다고 했다. 격려의 끝은 주술呪術이라는 말이다. 그 말은 희망과 도전의 용기까지 주었다. 그뿐인가. 작가의 뜻을 이룬 뒤 어떤 상황에서도 글쓰기에 게으르지 않고 초심을 잃지 않는 깐질긴 근기까지 내주었다. 마법은 그냥 예사로운 힘이 아니다.

고여생은 말의 마법을 프로이트에게서 인용했는가 하면, 어느 탈옥수의 말까지 따오는 걸 놓치지 않았다. 외부에서 들여온 말을 문장 속에 불러들이는 것을 '전고典故의 인용'이라 한다. 이를테면 독자의 신뢰를 얻기 위한 일련의 소품 내지 장치다. 그럼으로써 이 글은 완성도를 높였다. 덕분에 화자는 독자와 원활한 소통의 통로를 활짝 열어놓았다. 양방향의 공감과 유대가 형성된 것이다. 주제의식이 선명한 데다 구성까지 치밀하다. 읽고 난 뒤의 여운에 다시 눈이 가 있다.

나는 이 작품을 고여생의 대표작으로 올려놓으려 한다. 한가지 귀띔할 게 있다. 인용은 남용하지 말아야 한다. 잠시 빌려 원용한 것으로 남의 생각일 뿐 필자의 목소리가 아니기 때문이다.

> 여자가 무슨 공부냐며 힘든 삶을 풀어내다가도 중학교 입학 시기가 되니 옆 마을에서 교과서를 구해왔다. 어린 미음에 중학교 진학을 못 하면 어쩌나, 방구석에 쪼그려 앉아 가슴 졸이던 순간이 아련하다. 비록 누가 사용했던 때 묻은 책이지만, 교과서를 보는 순간 세상을 다 얻은 것처럼 기뻐했던 슬픈 기억이 있다. 지친 삶을 가끔 어린 딸에게 넋두리할 때도 있었지만, 나에게 어머니는 늘 어두운 길을 밝혀주는 등불 같은 존재, 희망이었다.

이제 어머니의 넋두리를 이해할 나이가 되었는데, 어머니는 기다려주지 않았다. 벌써 4년이 지났다. 그새 딸도 결혼시키고 손자도 봤다. 살아 계셨으면 증손자의 재롱을 보며 덩실덩실 어깨춤을 추실 어머니다. 허리춤에서 꼬깃꼬깃한 지폐 한 장을 꺼내 두 손으로 꽉 잡고 증손자에게 쥐여주었을 당신….

야고가 흐드러진 날 가족묘를 찾아 어머니의 넋두리를 다시 한번 들어봐야겠다.

—《야고》 중에서

억새 뿌리에 기생하지만 굽히지 않는 당당함과 겸손이 배어 있는 들꽃, 야고, 고개 숙여 지나가는 것들에게 길을 안내하는 등불 같은 야곱을 보는 순간, 살아생전의 어머니를 회상의 공간에 떠올린다.

어렵던 시절, 중학교 진학을 앞두고 얼마나 괴로워했던가. 여자가 무슨 공부냐며 야단치다가도 이웃 마을로 단숨에 달려가 헌 교과서를 구해오던 당신, 그게 어머니의 민낯이고 사랑이었다. 이제 어머니의 넋두리를 이해할 나이가 되었는데, 어머니는 기다려주지 않았다. "살아 계셨으면 증손자의 재롱을 보며 덩실덩실 어깨춤을 추실 어머니." 그리고 바로 오버랩되는 장면, "허리춤에서 꼬깃꼬깃한 지폐 한 장을 꺼내 두 손으로 꽉 잡고 증손자에게 쥐여주었을 당신,"에 이르러 울컥해 목이 잠기지 않는가. 고여생은 끝내 울음을 터트리거나 눈물을 보이지 않아 절제하고 있다. 어머니는 만인 이 공유하는 가장 보편적인 사랑의 화신이다.

3. 사회 참여적인 날 선 시선

홍 어르신은 4·3을 말하지 않았다. 여쭤보면 대충 말하고 화제를 돌려 버린다. 4·3 얘길하면 억울하게 죽어간 원혼들에게 이렇게 살아 있어 따뜻한 밥을 먹는 것조차 사치로 느껴진다고 한다. 아무 일도 없었던 듯 "그땐 경 헷주, 어쩔 수 어섯주, 목숨 붙엉 이시난 ᄒᆞ건 살아보젠 피 뿌리 죽으로 연명헷주." 홍 어르신의 한숨 섞인 말에 아픈 기억을 되살리는 것 같아 말 건네기가 조심스러웠다. "산에 가도 폭도고, 경찰에 잡혀가도 폭도고. 밤엔 폭도가 내려올까 무서워 떨고, 낮엔 경찰이 해코지할까 무서웡 떨고, 정말 무서운 세상이라낫주." 하는 말에 더는 묻지 못한다. (중략) 제주 4·3은 광복 후 혼란기에 발생한 사건으로 인명 피해도 컸고, 제주 일원에서 무장대와 경찰, 군인 그리고 토벌대에 의해 무고한 주민들이 희생되었다.(중략) 늦었지만 지금이라도 제주 4·3의 완전한 해결과 진실이 밝혀져 희생자와 유족들에게 위로가 되길 바란다.

—〈슬픈 기억〉 중에서

4·3을 직접 체험했던 홍 어르신의 체험담을 녹음테이프라도 틀어놓듯 육성으로 풀어내었다. "그땐 경 혯주…"로 시작하는 체험담은 귀 닫고 입 다물고 살아야 했던 그 암울한 시대의 아픔에 다시 가슴 쓸어내리게 한다. 선량한 우리 도민들이 죄인이 됐고 왜 죽어야 하는지 이유도 모른 채 죽어가야 했다, 이런 억울할 데가, 영원히 지워지지 않을 슬픈 시대의 슬픈 서사다.

제주의 잔혹한 비극 4·3은 아직도 진상 규명이 이뤄지지 않았다. 화해와 상생을 깃발처럼 내걸지만, 해결의 실마리는커녕 정명正名조차도 얻어내지 못하고 말만 무성한 채 공전하고 있으니 실로 안타깝다. 화자도 4·3의 완전 해결로 희생자와 유족에게 위로가 되기를 바라며 가슴 에고 있을 뿐이다.

심지어는 공공기관에서조차 외국어를 남용하고 있다는 게 문제다. 국민의 바른 언어생활을 일깨우기 위해 올바른 국어 사용에 앞장서야 할 공공기관이다. 그런데 홍보용 현수막을 보면 '심포지엄', '페스티벌', '테마' 등 외국어를 사용하는 경우를 종종 본다. 우리말을 순화하여 충분히 쓸 수 있는 단어가 있음에도 말이다. 어떻게 보면 기관에서가 우리말 파괴를 부추기는 건 아닌지 안타깝기만 하다.

우리가 가장 쉽게 접근할 수 있는 방송매체 또한 문제다. 방송인은 그에 대한 우리말이 있는데 왜 굳이 외국어를 쓸까. 해외 유학파라는 것을 티 내기 위해서일까. 아니면 외국어를 쓰면 유식해 보여서일까. 나름의 까닭이 있겠지만 그 이유가 궁금하다.

—〈사라져 가는 우리말〉 중에서

시대적 추세인가. 어제오늘 일이 아니다. 아무리 바른 말 고운 말을 쓰자고 외쳐도 구두선에 그칠 뿐 돌아오지 않는 메아리다. 외래어는 언중이 오래 써 우리말로 국적을 옮긴 귀화어이니, 서구어에서 온 말도 엄연한 '국어'다. 문제는 우리말이 아닌데도 버젓이 국어 행세를 하고 있는 '외국어'들이다. 경기가 끝나고 선수들이 마지막으로 취재진 앞에서 인터뷰를 하도록 마련된 공동 취재구역을 믹스트 존(mixet zone)이라 한다. 간간이 쓰니 아주 낯설지 않다 치자. 뉴스를 시청하다 자지러질 뻔했다. "큰 박수를 받으며 엑시트했다." 눈앞으로 뜻하잖은 말이 떠 당혹했다. 평생 국어를 가르쳐 온 사람인데 웬 봉변인가. '엑시트(exit)했다', 곧 퇴장했다라지 않는가.

요즘 TV 앞에 앉기가 여간 불편하지 않다. 이 지경이다. '00동사무소'가 '00주민센터'가 된 지 오랜데, 그곳 동장은 '센터장'이 아니라 '동장'이란 명패를 버젓이 받고 앉았으면서도 무신경한 나라, 이게 우리의 국어가 처해 있는 웃지 못할 현실이다. 국어 사랑 나라 사랑이 무색해졌다. 지면이 안되니 그만 닫는다.

4. 행간으로 고이는 에스프리

어머니가 이 장도리를 유독 소중히 간직한 이유를 알 것 같다. 가장의 빈자리를 대신해 홀로 네 남매를 키우기에는 버거웠으리라. 버릴 법도 한데 녹이 슨 못을 빼며 마음속 응어리보다 더한 말로 다부진 속내를 드러낸다. "이놈의 못은 왜 이리 빠지지 않고 애를 먹이냐. 그래 네가 이기나 내가 이기나 보자." 끝내는 못을 뺏다. 그때, 마음의 응어리까지 뺀 듯 어머니의 흐뭇한 표정은 아직도 잊을 수가 없다.(중략)

애잔하다. 어머니의 장도리, 얼마나 손때가 묻었으면 이리도 매끄럽고 윤이 날까 싶다. 어머니의 체취를 느끼려 장도리 손잡이를 잡는다. 별이 차가운 밤, 방금 구워낸 고구마를 품에 안은 느낌이다.(중략) 어머니는 늘 이 장도리로 삶의 묵은 때를 걷어내 새 생명으로 부활시켰다. 떨어진 문고리를 붙이고 헐거워진 나무 의자를 살려 냈다. 어느 날에는 흰 경첩을 떼어내고 새것으로 달아 깔끔하게 문짝을 정리하기도 했다.(중략)

야윈 등에 짊어져 눈물진 삶을 못질하며 곧추세웠다. 어머니에게 못을 박는 일은 마음속에 응어리를 심는 게 아니라, 마음속 응어리를 캐는 다짐이고 결심이었다. 허기진 삶 속에서도 마음의 풍요를 꿈꾸는 버팀목이었다.

—〈어머니의 장도리〉 중에서

장도리는 본디 여인의 연장이 아니다. 억센 팔을 가진 남자의 것이다. '어머니의 장도리',를 읽으며 거북했던 느낌이 몇 줄 채 안 가 아침 안개 걷히듯 사라지는 게 아닌가. 장도리는 가장의 빈자리를 채워 준 집안의 버팀목, 때 묻고 헐뜯어진 것들을 애정으로 수선해 생광케 하는 부활의 날갯짓, 절망을 꿈으로 치환하는 희망의 메시지였다. 그래서 고여생은 어머니의 장도리를 깊숙이 흉중에 안았고, 어머니처럼 마음속에 품어 왔고, 지금도 어머니의 영혼으로 자신의 정신 속에 살아 숨 쉰다.

표제작이다. 인용문의 끝부분, '야윈 등에 짊어져 눈물진 삶을 못질하며 곧추세웠다. 어머니에게 못을 박는 일은 마음속에 응어리를 심는 게 아니라 마음속 응어리를 캐는 다짐이고 결심이었다.'라는 고여생이 등단 후 15년

간 북돋워 온 수필 밭이 얼마나 기름졌는지를 여실히 보여주었다. 묘사가 정교 섬세해 이 작품의 품격을 한 켜 올려놓는 데 크게 기여했다.

수필은 삶의 리얼리티를 추구한다. 프랑스의 철학자 딜뢰즈는 '예술은 작동한다.'라고 했다. 그렇다면 작가는 탈주선을 타는 언어의 항해사란 얘기다. 그것을 실천하는 작가만이 수필을 문학답게 만들어 갈 것이다.

흥건히 행간으로 고인 화자의 에스프리—혼과 마음과 정신을 읽을 일이다. 가위 표제작답다.

글쓰기 공부는 해도 해도 끝이 없다. 글을 쓰기 시작한 때도 꽤 됐지만. 지금도 컴퓨터 앞에서 몇 시간째 빈 여백만 바라보고 있다. 머릿속은 공허함으로 텅 비었고, 글쓰기에 대한 무기력함만 꽉 차 있다. 적막강산이 따로 없다. 지금까지 어떻게 작품 활동을 한 건지, 이러는데 문학 활동을 한다고 할 수는 있는지, 평정심은 도리어 내가 가져야 하는 것은 아닌지, 진전없는 글쓰기에 창작 활동은 계속해야 하는지, 언뜻 회의감이 들기도 한다. 나름으로 열심히 작품을 준비하고 내보이지만, 돌아오는 것은 호된 질책뿐이다.(중략)

문법에 맞지 않는 문장을 쓰고 있다며 한 자리, 제목에 주제가 드러났다며 또 한 자리, 작가의 과잉 친절은 수필에서는 금물이라며 떡하니 또 한 자리, 그러면서 강조하는 말이 있다. 생각하는 시간을 가져라, 사색이야말로 작가에겐 큰 자산이다.

글을 잘 쓰고 싶은데, 날카로운 매의 눈은 피해 갈 수 없다.(중략) 비로소 강한 자존심보다 유연한 자존심이 더 단단함을 알게 된다.

—〈맷집〉 중에서

글쓰기를 위한 학습 과정을 맷집에 비유한 게 흥미롭다. 문법에 맞는 문장을 써라, 제목에 주제가 드러나선 안 된다, 수필에서 과도한 친절은 금물이다, 열심히 쓰는데도 가해지는 질책, 종국에 강조하느니 생각하는 시간을 가져라, 사색은 작가에게 큰 자산이다, 고여생이 몇 년 동안 갇혀 있던 수필 교육의 현장이었던 것 같다.

수필을 아직도 '생각나는 대로, 붓 가는 대로'라 한다면 글 쓸 준비가 덜 된 사람이다. 수필 또한 문학인데 어디 호락호락하겠는가. 제대로 매를 든 멘토와 연이 닿았던 것은 행운이었다. 이왕지사, 매를 맞기로 각오한 바이니, 맞을 만큼 맞아야 하는 게 매의 생리다. 매는 맞는 만큼 '맷집'이 강해진다. 고여생의 수필이 달라진 데는 그런 내밀한 연유가 있었다. 고여생은 이제 그 매에서 풀려났고, 그의 수필은 마침내 '좋은 수필'의 품격을 일궈냈다. 그러고 보니, 〈맺집〉은 참 참신한 비유다. 그 비유 가득 행간으로 고인 에스프리에 젖어 보면 어떨까.

5. 수사학적 쾌락을 선사하다

낙엽만 굴러도 웃는다는 고교 여학생이다. 80년대의 교복 저고리는 하얀 것이었다. 흰색이다 보니 매일 바꿔야 했고, 쉽게 번갈아 가며 사용할 수 있게 똑딱이 단추가 채워져 있었다. 시간에 쫓기면서도 때 탄 옷깃을 빨아 수건으로 짜고 밟아 물기만 겨우 빼고 등교하곤 했다. 축축한 목둘레 느낌이 꿉꿉하기도 했지만, 복장 검사에 걸려 질책을 받는 것보다는 호강이었다. (중략) 어느 7월의 '벚꽃 아래'에는 굴러가는 낙엽과 떡볶이 핫도그 그리고 분필의 쉼터가 있었다. 발랄했던 여고 시절은 지났지만, 그곳에는 우리의 추억도 삶도 계절도 그렇게 익어가고 있었다.

— 〈7월의 벚꽃 아래〉 중에서

꿈과 이상으로 충만했던 낭만의 여고 시절을 아스라이 회상 속에 펼쳐놓고 있다. 팔짱 끼고 어깨 겯고 7월의 벚꽃 아래 앉아 환하게 웃고 있는 한 무리 여고생들의 숨결이 느껴지고, 풋풋함이 그때의 계절처럼 싱그럽게 너울대는 장면이다. 그러나 어느덧 많은 시간이 흘러갔음에 '그곳에는 우리의 추억도 삶도 계절도 그렇게 익어가고 있었다.'라고 과거를 오늘의 시제로 소환해 술회한다. 회상의 공간은 더할 나위 없이 발랄할 것이나, 마치 순간순간 이행하는 시간의 흐름을 크로키 하듯 눈앞으로 생생히 그려내고 있다. 수식이 반드시 현란해야 하는 게 아니다. 시간의 역주행, 그때의 회상만으로도 숨이 가쁠 지경이다.

고여생은 그걸 염두에 두었음인지 언어를 단조롭고 간결한 수식에 떠맡겼다. 오히려 감미롭다.

눈을 돌리니 파란 하늘과 어우러진 억새가 가을을 맞이하고 있다. 오름 중턱의 은빛이 잔잔한 바다를 이루었다. 가을이면 모름지기 억새의 서걱거리는 소리를 들어야 제격인데, 온화한 날씨가 은빛 물결을 훔쳐버렸다. 서걱거림을 상상하며 더딘 걸음을 걷고 있는데, 탐방로를 에워싼 억새가 어머니의 품처럼 포근하다. 숨어 버린 바람이 주고 간 선물인 게다.

오름 정상은 사방이 이슬로 가득하다. 풀잎에 살포시 내려앉은 아침 이슬이 반사되어 오름 전체가 마치 보석을 뿌려놓은 듯하다.

— 〈가을을 걷다〉 중에서

월랑봉 삼나무 숲길, 당근과 무와 감자가 당차게 자라는 밭의 곁길 따라 걷다 비자 향이 익어가는 숲길을 걷는다. 비자 향을 따라 걸어가는 걸음이 느려질수록 깊어 가는 가을 길 한 굽이를 타고 오른 용눈이오름에는 방목한 말들이 풀 뜯는 소리가 한가로이 산속의 적막을 돋운다. 아침 이슬이 반사돼 흡사 오름에다 보석을 흩뿌린 듯한데, 내려오는 길엔 햇살에 반사된 은빛 억새가 눈부시다. 이어지는 바닷길, 기억 속에서 퍼 올린 수많은 서사를 마구 풀어놓는다.

고여생은 며칠을 두고 가을을 걸었다. 가을이 내리는 길목에서 하루쯤 일상을 탈출하자 했던 걸까. 이미 기획된 여정이었을지도 모른다. 이 길 저 길, 걷고 싶던 길을 걸었다. 산길 들길 바닷길을 다리가 지치도록 걸었다. 걸으며 계절의 낌새로 변해가는 자연의 속내를 눈으로 보았고 마음으로 읽었다. 자연과의 조우는 시종 화자를 사유의 뒤안으로 이끌었고, 겹겹이 사유가 쌓일수록 걸음걸음 유의미했다.

주객일체, 물심일여物心一如의 경지다. 난장으로 흐드러진 가을은 온몸을 흔들며 낯선 나그네를 품 가득 맞아 주었다.

수필은 때로 형식적인 속박에서 자유로울 수 있는 문

학 양식이다. 때로는 이처럼 독자들에게 탐미적 수사학적 쾌락을 선사하기도 한다.

셋_

원고를 받고 놀란 것이 있다. 샅샅이 톺아봐도 정서법에 어긋난 표기가 눈에 띄지 않았다. 읽다 보면 띄어쓰기의 오류라도 나오겠지. 살폈는데, 맞춤법에 잘못된 것이 잡히지 않는 게 아닌가. 개인 작품집의 작품 해설을 쉰세 번째 쓰고 있지만, 우리말 표기가 완벽한 경우는 드물다. 고여생은 쉼표 하나에도 소홀함이 없었다. 이것 하나만으로도 15년 사이 그의 수필이 얼마나, 어떻게 성장해 왔는지를 미루어 알 만하다. 그가 애면글면 좋은 수필 쓰기에 전념해 왔음을 헤아리고 남겠다. 아마도 그의 책상 앞에는 새카맣게 때 묻은 국어 중사전이 놓여 있어 주인의 손을 기다리고 있으리라. 수필은 우리말의 파수꾼이다. 이 대목에 이르러 고여생에게 다시금 신뢰를 보내지 않을 수 없다.

작품 또한 상당한 수준이다. 제주 여류수필이라 내놓아 손색이 없으리라 자신한다. 이렇게 수필에 시종 몰두한다면 더욱 큰 문학적 성과가 있으리라 확신한다. 인과율에 따른 확고한 믿음이다.

작품의 분량이 좀 길다. 내가 90년대 초 응모할 때가 20매 내외였는데, 근래엔 12매 내외로 많이 짧아졌다. 짧고 쉽고 빠르고 간결한 것으로 흐르는 시류를 따른 것이다. 아포리즘 같은 5매~7매의 짧은 수필을 써 보면 어떨까. 압축, 암시, 요약, 단절 그 기법의 시너지로 얻게 되는 진한 감동을 마냥 누리게 되리라.

어휘 사용에서 고려했으면 하는 것이 있었다. '~인 게다.'의 '게다.' '것이다'의 의존명사 '것'에서 'ㅅ'이 탈락하면서 '게'로 축약된 말인데, 여러 군데 쓰였다. 썩 좋아 보이지 않는다. 지면이 간결한 문체를 요구하는 저널리즘체(신문글)에서 흔히 쓰이는 것이다. '것이다' 원형 그대로 좋지 않은가. 나는 '게다'를 한 번도 써 본 적이 없다. 수필에는 썩 알맞지 않은 것 같으니 참고했으면 한다.

끝으로 헤밍웨이가 소설 《오후의 죽음》에서 한 밀을 떠올린다. "서두른다고 빨리 배워지지 않는 것들이 있다. 우리에게 있는 것은 시간뿐이지만, 그것을 터득하기 위해서는 담뿍 그 시간을 소비해야 한다. 이 조그마한 지혜는 매우 귀중하며 인간이 남기고 가야 하는 유일한 지신이 된다." 그는 날마다 연필 열 자루가 닳도록 썼다고 한다. 놀라운 일이다.

《어머니의 장도리》에 실려 있는 작품들이 각기 격조가 있어, 모두 한두 마디 짚어내고 싶으나, 아쉬운 대로 이만

접으면서 마지막으로 함축한다.

"고여생이 언어에 겸손하니, 그 글의 결이 곱다."

건필하기 바란다.

고여생 수필집

어머니의 장도리

초판인쇄 2023년 11월 2일
초판발행 2023년 11월 8일

지은이 고여생
펴낸이 노용제
펴낸곳 정은출판
주　소 서울특별시 중구 창경궁로 1길 29(3F)
전　화 02-2272-9280
팩　스 02-2277-1350
이메일 rossjw@hanmail.net
홈페이지 www.je-books.com

ISBN 978-89-5824-488-2
값 13,000원

· 이 책은 제주특별자치도와 제주문화예술재단의 2023년도
문화예술사업으로 후원을 받아 발간되었습니다.